前略。

初戀的女孩，

死而復生了。

天澤夏月

Natsuki Amasawa

U0075728

輕文學
Light Literature

目錄

序章

我還是高中生的時候，初次談了一場戀愛。那份戀情極其純粹，也正是因此令人難為情，感覺好像蜂蜜檸檬一樣。我第一次品嘗到的戀情，明明徹底浸泡在甜膩的液體裡，可是既酸又微苦。儘管如此，最後支配了口中的，卻非它們任何一種味道。這份複雜的風味實在難以言喻。

名為戀愛的情感，化為言語會相當令人費解。受到特定人士吸引、強烈地心心念念著某人、期盼讓對方成為自己的所有物而行動……然而，這些都是語境層面的描述，我認為它並沒有好好表達出戀愛情感本身所引發的非理性衝動。要以言語傳達很不容易。可是，如果硬要說的話，我覺得戀愛與其說是喜歡別人，稱之為「希望被某人喜歡上的情緒」，更貼近當事人的情感。

沒錯，強烈期盼受她喜愛勝過任何事物的那一年，我無庸置疑地談了一場戀愛。

前略。初戀的女孩，死而復生了。

天澤夏月
Natsuki Amasawa

現在 1

她登門造訪的時候，我正好試圖在打工前處理剛睡醒的腦袋而沖著澡。門鈴聲響徹這個附有廚房的獨居空間，而後傳來委婉的敲門聲。平時若非知道有快遞會來，基本上我不會回應外頭的呼叫。自從我一度幫報紙推銷員開門而演變成麻煩的狀況後，我就對門鈴聲變得敏感。

我從濕淋淋的頭上套下T恤並穿上牛仔褲，而後躡手躡腳地靠近門扉。豎耳傾聽，發現門鈴還在響，看來是個不到黃河心不死的來訪者。假如是認識的人，要來之前應該會捎個聯絡才對，因此八成不是。即使如此，我依然想姑且確認看看來者何人，於是從門上略顯模糊的老舊防盜鏡悄悄窺探外面。

門前有個看似做制服打扮的人影。朦朦朧朧的我不太敢肯定，不過從對方的身形來看大概是高中生吧。她身上穿著裙子。

破舊冷氣發出聲響吹送出來的微溫冷風，讓我剛洗好澡的皮膚感到冰涼的寒意。西曬的玄關在外頭熱氣的影響下，帶著隱隱約約的熱度。在冷風與熱氣的夾縫中，我以掛在脖子上的毛巾擦著頭，同時歪頭思索。在我自身的人際關係圖裡，有女高中生會特地來拜訪我嗎？離鄉背井第三年，為了上大學而搬出老家的我，在東京建構的人際關係很簡單，而我也不記得來到這兒之後曾造訪過哪一所高中……照理說，我根本不認識什麼女高中生才對。

門鈴再次響起，接著是叩叩叩的輕聲敲門。

我想她八成是找錯地方了。這棟屋子別說是門牌，甚至連房號都沒有，因此很有可能。她應該不是來找我的吧。這樣一想我就能接受了。

看來她至少並非來推銷報紙的，於是我打開門，提醒對方找錯戶一事。

「妳大概是搞錯戶了……」

——見到女高中生的樣貌，我便知道她並未弄錯。

那是一張我非常熟悉的臉龐。

她代替頓失話語的我開口。那張沒什麼血色的小巧嘴唇，就和當時一樣。

她說了句「好久不見」。

我按著門扉，就這麼僵住了。

油蟬正在附近的電線桿吵吵嚷嚷地鳴叫。打開門後湧入的熱氣，使得我剛洗好澡的肌膚轉眼間冒出汗珠，而後化為一道汗水滴下去。午後的陽光照得柏油路泛白又耀眼。公寓前方的坡道上，人孔蓋反射的光芒刺著雙眼。

明明身處在炎炎夏日當中，她的額頭上卻未見一滴汗水。她簡直像是待在冷氣房裡頭，頂著一臉泰然自若的蒼白臉孔直望著我，而我則是略略俯視著她。可以隱隱約約瞧見，少女那雙渾圓澄澈的偌大眼眸中，映照著我呆呆按著門的模樣。

「為什麼……」

聽見我好不容易發出沙啞的嗓音，她便聳了聳肩。僅此而已。

「這樣太奇怪了吧，因為妳……」

我竭盡全力，好似掙扎又像抗拒般地接著說下去。

「妳……已經死了。」

沒錯。

她在那個秋天撒手人寰了。

是因交通事故喪命。

我看到了意外現場。巡邏車的警示燈將附近一帶照得通紅，黑色血跡沾染在水泥石階上。扭曲變形的護欄、有如爪痕般的輪胎痕跡、破碎四散的交通廣角鏡、杵在原地的圍觀群眾，以及現場指揮的警官。我全都記得，絲毫沒有遺忘。

我是中暑了，因而看到幻覺不成？抑或是陷入脫水症狀？身穿母校制服，面露有些茫然的表情，若無其事佇立在我面前的盛夏亡靈，實在與她太過相像——亡靈？不，她的存在並非如此淡薄。那兒確切無疑地有著實體，擁有壓倒性的存在感。

「嗯，我想自己已經死了。」

她說。

「那妳怎麼會在這裡？」

「我好像死而復生了。」

「死而……復生……」

怎麼可能？

人類是不會復活的。

我曾去參加她的喪禮。她的死在我和許多同學心底留下深深的傷痕，而我們透過喪禮這個儀式，一點一滴地緩緩將它消化掉。「她已不在人世」這件事實，理應有如塵埃般一點一點確實地累積起來，在這數年間固定為牢不可破的真相。

她就像是從前那樣，磨蹭著制服下襬。這和消遣解悶略有不同，是她獨特的習慣。

「抱歉喔。突然跑來你很傷腦筋吧。」

「與其說傷腦筋……我嚇了一跳……」

「沒有辦法接受嗎？」

「這個……嗯。」

「但這是真的，我回來了。」

我忍住不去問是從哪裡回來的。感覺這問題既不識相，又觸犯了世界的禁忌。

「是為了什麼呢？」

因此，我取而代之地如此詢問。

她筆直抬頭仰望我答道：

「我還有未了之事要做，希望你陪我一起完成。」

過去1

身為高中生的我，是個不知戀愛為何物的人。

我知道這個詞彙，也理解它的意思，並清楚它是體驗後才會有所領悟的現象。沒錯，我知曉「戀愛」卻不了解它。我不是在哀嘆自己沒有辦法談戀愛，只是茫茫然地心想，對於人際關係淡薄的我來說，這輩子鐵定和它無緣吧。

然而，在櫻花飛舞飄落的四月，我將遇見妳。

「神谷同學，聽說你在找升學補習班？」

換班時初次見面的她，是個面露端莊笑容的長髮少女。我試著回憶起自我介紹時的印象，卻沒有記憶。我心想：「她叫什麼名字來著？」同時點頭回應。

「真虧妳曉得耶。」

「是老師告訴我的。」

的確，我記得和班導討論過。

她摩擦著制服下襬好一會兒後，才這麼說：

「車站前面不是有一家盛南補習班嗎？介紹兩個朋友再一起報名，包含介紹人在內，都會有學費折扣喔。我已經找了一個人，可是另一人遲遲尋不著。」

「所以才找我？」

我是個平常在班上獨來獨往的孤狼，或許這樣正好比較容易攀談吧。還真是難以判斷她究竟是親切或現實。

「不行嗎？我覺得那間補習班不錯喔。」

看來她似乎也有自覺，只見她臉上浮現微妙的尷尬笑容。

「謝謝妳，可以讓我考慮一下嗎？」

「嗯，當然。」

我原以為對話就此結束，但當我感覺到視線而抬起頭來，發現她還在那兒，露出詫異的眼神望著我。

「怎麼了？」

「沒有，我只是在想，你的頭髮好漂亮。」

「頭髮？」

我不禁撥弄起頭髮，可是碰了也只感覺到一頭亂糟糟的觸感。我的頭髮稍微有點翹，並不是筆直的。儘管還不到自卑的地步，不過洗頭的時候都會卡到手指，讓我覺得很煩躁。然而，我並未特別在意過色澤。

「嗯，照到陽光後會有點泛茶色。肯定是因為顏色原本就很淡吧。」

由於我坐在窗邊的座位，確實是會經常照射到日光。

「是這樣嗎？顏色有那麼茶？」

「嗯，而且感覺挺軟的。」

這女孩所講的話還真奇妙。如是說的她，有著一頭陽光也透不過去的漆黑秀髮，不但烏黑濃密還帶有光澤，令人隱約覺得她有良好的教養。

「我頭上沾了什麼東西嗎？」

「啊，沒有……我是想說，妳的頭髮好黑喔。」

「啊～就是說呀，很像墨魚義大利麵對吧。」

我忍不住稍稍笑了出來。我從來沒想過，會有女孩子把自己的頭髮比喻成墨魚義大利麵。

「啊，真過分。你幹嘛笑我呀？」

「不，抱歉，感覺戳到我的笑點。」

「咦，我講的話有那麼奇怪嗎？我還挺自卑的耶。」

「那去染髮不就好了？或是脫色之類。」

「爸媽會生氣啦。他們說那樣會變笨，叫我打消念頭。明明人又不是靠頭髮讀書的。」

她嘟起嘴唇，摩擦著自己的髮絲。那好像是她的習慣。

我對她的第一印象是個怪女孩。她的名字叫皇奏音。她告訴我說，這取自於「演奏的樂音」，讀作「kanon」。

她並未違背這個第一印象，確實是個怪人的樣子。皇是個好學生沒錯，但我鮮少見到她和其他女同學待在一塊兒，而且她並沒有散發出隸屬於特定團體的氛圍。我想皇絕非受到霸凌或排擠，只是她的存在如同字面所述像氣球一般，飄浮在和眾人略有差異之處，而班上沒有人拉著那條繩子罷了。

……不對，應該有吧。

唯有一名學生時常和她聊天。

井崎藤二這個與其說古怪更像是問題兒童的學生，身上有許許多多的負面傳聞。例如遲到、打瞌睡、蹺課，以及打架。他的頭髮偏長，還有一雙銳利的眼睛，總是一副煩躁的模樣。

井崎明顯流露出難以攀談的氛圍，因此同學們皆對他敬而遠之，皇卻毫不介意地和他交談，而井崎也會爽朗地回應。這種時候的井崎看似一個普通的好人。皇口中邀約上補習班的另一個人，大概就是指他吧。

今天皇也到井崎的座位去聊天了。他們倆看起來不像是交往中的男女，感覺也和單純的朋友不一樣。那份特殊的關係，挑動了我幾許好奇心。

我忽然和井崎對上眼。他就像是瞄準般看向我這邊，所以可能是井崎注意到了我的視線。井崎對皇說了些什麼後，她也朝我這裡看過來。我為時已晚地別開了目光，他們兩個站起身子走來的樣子便映照在我的視野一角。我尋思該怎麼面對才好。

「真的耶，神谷的頭髮好漂亮。」

他開口第一句話便是這樣。

井崎彷彿理所當然，打從一開始就直呼我的姓氏，因此令我覺得，我是否也這麼對他比較好。

「對吧。淺淺的茶色很棒耶，感覺很鬆軟。」

「我是不曉得鬆不鬆軟啦，似乎挺柔順的就是了。」

「沒錯沒錯，讓人都想摸摸看了。」

皇磨蹭著自己的髮絲。

「根本一點都不柔順啦，不但粗糙又毛躁。」

我一說完，井崎便指著自己的頭髮。

「粗糙又毛躁，說的是我這樣子。」

井崎的頭髮固然稱不上長，可是蓋到眼睛的瀏海和整體來說相當蓬亂的髮質，坦白說讓人看了有點心煩。那片不自然的烏黑也許是剛染過，總覺得好像海藻一樣。井崎似乎對自己的髮型漠不關心，完全沒有要想辦法處理那頭留長了也不剪的頭髮。

「你去剪掉就好啦。」皇說。

「都長到這樣了，就算再多個兩公分也不會有什麼改變嘛。」

「當然會有所改變呀。」

「沒關係啦，無妨。反正我又不是棒球社的。」

我知道井崎並沒有參加社團活動。順帶一提，皇隸屬於管樂社，我則是回家社。

「話說回來，神谷，奏音那件事怎麼樣？」

井崎冷不防地說道。

「那件事？」

「補習班的事情。你正在找吧？」

「喔，是那件事……」

據說介紹人過去學費會有折扣。

「意思是，如果我選擇那裡，你們也會跟上？」

「我是有這個打算。」

「憑這種以別人為主的理由決定可以嗎？」

「不管哪家看起來都一樣，所以我想在花費上有所區別。」

「居然是這麼艱困的理由喔……」

「笨蛋，錢是很重要的，超級重要。」

「你沒有『不上補習班』這個選項嗎？」

「憑我的腦袋，那可不成。」

「皇同學品學兼優，讓她教你念書呢？」

「唉，我非常不擅長教人家，會搞不清楚自己到底在說些什麼。」

這還真是病入膏肓。

「所以，你的意思呢？」

被井崎瞪了一眼的我聳了聳肩。

老實說，「哪家看起來都一樣」這點我有同感。無論規模大小，每家都有一定的知名度，還有各自的強項或賣點。畢竟他們是以這些優勢一路做出實績，儘管會有所誇大也應該不會騙人，只要進去念就會替學生提升水準到某個層級，這點是不會錯的。若要繼續突破，到最後還是得看自己，因此剩下的問題只有要找哪一家而已。

「我是可以去啦，不過……」

「不過？」

井崎吊起眉毛，我連忙揮揮手。

「呃，這樣你們無所謂嗎？感覺好像介入了你們兩個之間，讓我覺得過意不去……」

「什麼啊，完全沒那回事，你別在意。」

井崎若無其事地說著，皇也露出了微笑。

「那個呀，我可不是隨便找誰都好喔。即使我做出各種提議，藤二他也遲遲不肯點頭呢。」

「妳別多嘴啦。」

「可是他說神谷同學和其他男生不同，感覺像空氣一樣，因此可以。」

「就叫妳別說啦。」

「我居然是空氣喔？說到底還是妨礙了你們嘛。」

我和皇都笑了。井崎可能有這番話很沒禮貌的自覺，只見他苦著一張臉撇過頭去。或許他意外是個不錯的傢伙。

「唉，算了。倘若你們不嫌棄空氣，我就一起報名吧。」

我如此說道。當個空氣就好反倒令我覺得輕鬆，而且差不多該是決定補習班的時候了。既然班上成績很優秀的皇說要去，那間補習班的水準鐵定沒問題吧。

「真的？太好了！」

皇天真無邪地表達喜悅，相對的，明明是自己的提議，井崎卻哼了一聲，不曉得是否哪裡不滿意。於是，高中生活的最後一年，我將和他們倆共度許多光陰。

＊

杜鵑花綻放，繡球花一點一點含苞待放之際，我開始去上盛南補習班，並且經常會窩在自習室。放學後我會直直朝補習班去，在學生仍稀稀疏疏的自習室後方一角找個位子，默默地致力於複習。我原本就很喜歡念書。一旦我專心在一件事情上，注意力就較能持續下去。

井崎鮮少到自習室來。看他的樣子就是很討厭讀書的人，而且沒什麼意願應考。皇造訪自習室的頻率和我相差無幾。我們倆是在同一個班級上課，因此在課堂上也常常碰面。

「井崎不太來耶。」

「是呀，他可能打工很忙。」

這樣啊，原來那小子有在打工喔？

「皇同學，妳和井崎在二年級時也同班嗎？」

往後我也會直接稱呼皇為「奏音」，不過這陣子仍是叫她「皇同學」。井崎則打從一開始就是直呼姓氏。

「我們從一年級就一直在一塊兒喔。然後，他老是那個樣子。」

皇笑道。

「雖然他的成績不好，可是腦袋很聰明，是個願意做就辦得到的孩子。」

「但就是不去做嗎？」

也可能是因為打工的關係讓他無能為力就是了。

「他的運動神經也很棒對吧。」

「是呀，他的腳程很快。」

我是在體育課時知道的。井崎花了不到六秒五就跑完五十公尺，令周遭為之狂熱。

「他是個怪人。」

皇如此出言抱怨，而後又笑了。

「神谷同學，你能夠和藤二正常交談呢。」

「正常？」

「即使是初次見面，你不也很平常地和他說話嗎？」

「那是因為他以這樣的感覺對待我啊。」

「就是因為他用那種感覺待人，也有很多人不喜歡呀。就算在班上也一樣。」

「喔，這個啊……」

井崎在班上很明顯地格格不入，皇也是。

「我們或許是不錯的三人組呢。」

「咦，我也算在裡頭喔？」

我忍不住出言反駁，於是皇嘻嘻笑道：

「沒錯。你、我還有藤二是盛南三人組。」

真是討厭的三人組耶。感覺好像邊緣人在互舔傷口。

「嗳，下次我們三個一起找個地方去玩吧。」

皇說。

「要去哪裡？」

「哪兒都行。最近天氣很好，去外頭野餐之類的。」

「那不像是我會做的事。」

「我和藤二也是呀。」

「明明三個人都不適合，還要去嗎？」

「因為我們是三人組呀，這是連帶責任。」

我聽不太懂。

皇有時會講些沒頭沒腦的話，那就像是她的習慣或個性。不曉得是放棄還接受了，井崎從未出言指正，但他八成也覺得很奇怪才對。而且井崎很急性子，基本上都處於焦躁狀態，我也有聽說他動不動就會跟人打架的傳聞。這樣的井崎為何會和怪怪的皇交好，我實在不太明白。

「最起碼選擇看電影吧。光是聽到野餐這個詞我就無法了。」

「咦～唉，看電影也是可以啦……現在有什麼片子在上映呢？」

我內心漠然地想著：雖然我提是提了，不過感覺我們對電影的喜好也會徹底分成三類呢。

「我喜歡華麗的動作片，像是『星際大戰』系列。」

「我的話……呃……是什麼呢？大概是吉卜力吧。」

「我愛看懸疑或推理片。」

看吧，大家的口味都不同。

我們高中的校舍是ㄇ字形，正中央的地方是中庭。那兒種了草皮，還擺了好幾張長椅，我們三人並肩坐在椅子上一起吃午餐已經成了慣例。從旁人的角度來看，想必會覺得問題兒童、好學生加上孤狼的組合很奇妙吧。

「大家的喜好沒個統一嘛。」

語畢，井崎沒規矩地敲響筷子。他給人的印象是會吃福利社買來的麵包，卻總是很平常地吃便當。反倒皇很常吃福利社的三明治。

「說起來，一起去看電影不會沒什麼意義嗎？反正看的時候又不能講話。」

「可以在之後交換感想不是嗎？」

「一句『真好看』或『好無聊』就結案了吧。」

井崎的態度十分冷漠，皇卻是笑吟吟的。

「我想看那部耶，動物們變成車手在賽車的電影。叫什麼來著？」

「《野生動物賽車》？是ＣＧ動畫對吧。」

似乎是不滿意「動畫」的部分，井崎嗤之以鼻道：

「奏音的興趣還挺孩子氣的呢。」

井崎一口吞下日式煎蛋捲後，說「既然都要看ＣＧ，那我想看壯闊的太空歌劇」。

「現在沒有在演那種片子啦。」

「那我PASS。」

「咦？藤二你老是這樣。偶爾也陪人家看看我想看的片子嘛。」

皇鼓起臉頰說，藤二卻是不改苦瓜臉。

「那不然看美漫改編的英雄片如何？皇同學也許沒什麼興趣，不過這樣的話井崎可以接受吧？」

聽聞我提議的折衷方案，皇點了點頭。

「嗯，那也可以。我喜歡美國漫畫。」

井崎也同意這個建議，於是我們將在星期六一道去看電影。

＊

然而，到了關鍵的星期六當天，井崎卻說打工排了班，並沒有出現在集合地點。之後就只剩下我和皇兩個人。

我是第一次看皇穿便服，那身深藍色長裙和白底長版上衣的打扮，風格很適合內斂的她，並未辜負我的期待。倘若井崎在這兒的話，他會穿什麼樣的衣服過來呢？當我擅自想像著各種龐克搖滾的形象時，皇表露出不滿。

「藤二就是這樣。」

從她的口氣聽來，這似乎不是第一次了。

「妳和他一塊兒出去過嗎？」

「有呀。不過大多被他臨時取消，只剩我孤零零一個人。」

「好過分喔。」

「對吧。」

皇嘆了口氣。

「他永遠都是這個樣子。搞不好我被討厭了。畢竟我們倆興趣不合嘛。」

「我想沒那回事……但他不來也沒辦法。妳要怎麼辦呢？」

我有些畏怯。和女生兩人單獨看電影，簡直就像那個一樣。我是刻意省略掉「要不要我們倆一起看？」這句話，自己說出口感覺會被人認為我別有居心，不願那樣的我便把判斷交給了皇。

「這個嘛，神谷同學，你會不會排斥？」

「咦？」

皇有些難以啟齒的樣子。

「我是說……和我兩個人一起看啦。如果你不願意就不要好了。坦白說，我也會有點緊張。」

這樣子反倒讓我的心情輕鬆了點。

「仔細想想，我好像是空氣嘛。再說，既然井崎不在，或許是個觀賞《野生動物賽車》的好機會。」

我試著如此提議，皇便杏眼圓睜。

「喔喔……還有這招耶。」

稍稍做了個勝利姿勢的皇令人會心一笑。不論好壞，個性直率的皇都很表裡如一，因此相當好懂，甚至到了好懂過頭的地步，讓我覺得她和井崎就是這點相像。井崎也是個情緒很容易顯露出來的類型，無論是對自己或別人都沒有掩飾的餘地。

我們從集合地點前往電影院，買了兩張十點開演的字幕版《野生動物賽車》的電影票。

「妳是會吃爆米花的人嗎？」

「不，我不太喜歡爆米花。神谷同學你呢？」

「我只想喝飲料。」

「到便利商店買會比較便宜喔。」

「是沒錯，可是那樣不就違反規矩了？看電影的時候，我都會在裡頭買東西喝。」

「嗯哼，你真了不起。」

我們在櫃台各自買好飲料，並在販賣區逛了一會兒，便在開場的同時進入七號影廳。我們的位置是在後面。皇拿出眼鏡戴了起來。我還是初次見到她戴眼鏡的模樣。

「買前排會比較好嗎？」

「不用，我戴上眼鏡就看得見了。在前排看會搞得脖子痠痛。」

「妳上課時應該沒有戴眼鏡吧？」

「因為我坐在前面呀。我的視力並沒有那麼差，只是今天看字幕版的關係。」

之後便開始播起預告。我心不在焉地望著流逝而過的訊息，心底想著「不曉得井崎這個時候在做什麼」。

假如他——雖說有一半臨時取消了——也曾像這樣和皇單獨出門許多次，難道他心裡都沒有任何想法嗎？站在皇的角度來看，井崎瘋狂放自己鴿子，會約他或許已經只是在賭氣了，但井崎又是怎麼想的呢？一對男女獨自看電影或出遊，就旁人的眼光看來……只像是那麼回事。

皇帶著熠熠生輝的雙眼，入迷地看著魄力十足的預告片，我則是偷瞄了她一眼。如果井崎打從一開始就不在，我們便不會像這樣兩人一同來看電影吧。今後每當我們三個人做好了出遊的約定，而井崎又突然取消的話，我和皇會兩人一塊兒出門嗎？一想像這個狀況，我還是覺得有點尷尬，心跳也快了起來。我和皇頻繁地單獨外出，井崎會作何感想？

電影正片讓我不太能入戲。內容有些幼稚令我覺得不過癮也是原因之一，不過坦白講，我認為是因為自己做了諸多妄想，導致劇情無法進入腦子裡的關係。

「要不要到藤二打工的地方去看看？」

看完電影後，皇如此提議。

「每次被藤二放鴿子時，我都會去挖苦他。」

皇露出一臉邪惡的表情，還附帶一個奸笑。

「他是在哪裡打工？」

「車站前的咖啡廳。我一直都在想，明明做餐飲業還留那種頭髮，真虧他不會被客訴耶。」

我深有同感。那樣給客人的印象不太好吧。

我們搭電車從戲院所在的城鎮回到老家，而後前往車站前的咖啡廳。那是一家我也很熟悉的連鎖店。井崎基本上不會在週末排班，可是經常會被叫去支援，到最後大半的六日他似乎都在的樣子。

假日的店裡人聲鼎沸，我們好不容易確保了兩人的位子才去櫃台點餐，結果看到井崎冷漠地佇立在收銀機前。他很順利地應付著客人，長長的人龍轉眼間就不斷減少，可是他致命性地缺乏笑容。輪到我們站在櫃台前之後，井崎露骨地掛著不悅的神色，交互看向我和皇的臉。

「我說你們，是打算每當我臨時失約就到這兒來不成？」

「直到你改掉那個習慣為止，我都會過來。」

皇笑咪咪地說了句「請給我一杯冰咖啡拿鐵」。隨後，還沒吃午餐的她便挑選起三明治。

「那你呢？」

井崎揚起下頜望向我。

「冰咖啡。」

「我要給你做一杯亂苦一把的。」

「哪有辦法啦，你們是事先做好放著的啊。」

「那我幫你弄成溫的。」

「對不起，請你別這樣。」

井崎裝模作樣地意圖忘記在杯子裡加冰塊，或是假裝倒熱咖啡而不是冰的。花了這些多餘的時間後，他才好好地端了一杯冰咖啡給我。

「神谷，拜託你也阻止奏音一下。那丫頭每次都會跑來，然後點冰咖啡拿鐵和雞蛋三明治。」

「那是每次都放人鴿子的某人不好吧。你把約定當作什麼啦？」

「我有感到抱歉，所以都會悄悄打折喔。」

「這樣也不太OK耶。另外，既然你要做餐飲業，最好剪個頭髮。」

「多管閒事。」

皇說雞蛋三明治很好吃，於是我也點了一份，和飲料一同收下。井崎一副要我快滾似地「去去去」揮著手，再對下一個客人投以不帶感情的笑容。

「那小子為啥會打工呢？」

坐到位子上的我，試著對皇坦承心底的疑惑。我們學校並未禁止打工，但我隱隱約約覺得，高中生應該不太會想要出去工作。

「他說是在賺取大學的學費。」

「學費？」

皇啜飲著咖啡拿鐵所述說的答案出乎意料地一本正經，使我瞪大雙眼。

「他爸媽說，如果是國立或公立大學就願意出錢，可是藤二想讀的是私立大學，因此他才會自個兒賺學費。」

「他好像沒什麼在讀書，這方面不要緊嗎？」

「嗯，他是個願意做就辦得到的孩子嘛。搞不好意外地有在偷偷自習。別看藤二那樣，他可是個努力不懈的人喔。或許不剪頭髮也是因為不想花錢。」

「喔……感覺好像守財奴。」

「喂喂喂。」

井崎居然是基於這種理由在打工，真是大出我所料。明明好像很討厭念書，卻為了想上的大學而當工讀生的模樣，稍稍偏離了他的形象。

後來我和皇聊了好一陣子，話題有電影感想、井崎的壞話，還有用功準備考試。我心想：好久沒和人聊這麼多事情了。儘管並非沒有朋友，可是我沒加入社團活動，也沒深入高中的人際圈裡。我體會到，對這樣的自己而言，這是一個既新鮮又能夠沉迷其中的狀況。時間飛也似地流逝，我在傍晚時分有些依依不捨地離開店裡，和皇道別。臨別之際，皇說「今天我玩得非常開心，謝謝你」。我總覺得怪害臊的，所以只回一句「再見啦」。

回到家以後，我仍在反覆思索和皇之間的交談。皇說話時的舉止，還有露出笑容時微微浮現的酒窩，讓我印象格外深刻。

現在2

做制服打扮的她，拘謹地坐在房裡，一臉興味盎然地張望著我的房間。我叫她別瞧得太仔細，同時收拾起散亂的桌面。

「我來幫你吧？」

「不用。」

破舊的冷氣機發出喀噠喀噠的噪音。

明明窗戶完全緊閉，外頭的蟬鳴聲聽起來卻異常吵雜。

心情真奇妙。

本應已逝的人就在我房裡，一副泰然自若，好似天經地義的樣子。我沒什麼毛骨悚然或恐懼的感覺，湧上心頭的淨是困惑和懷念，這些情緒把我的內心攪得一團亂。身穿制服的她，當真就像是從那時的高中直接蹦出來似地，無論是長長的秀髮、摩擦制服下襬的習慣，或是鮮少眨眼的偌大眼眸，都和我的記憶分毫不差。

「妳要喝點什麼嗎？」

我如此詢問，試圖暫且應付過去。

「話是這麼說，也沒那麼多選項就是了。」

「不用費心。」

奏音嫣然一笑，而後說出「你長高了呢」這種無關痛癢的話。

「並沒有長多高。」

「是嗎？」

「從那件事之後才過了幾年而已啊。」

我之所以忍不住粗魯以對，會是在遮羞嗎？抑或只是把這股不知怎麼處理才好的情緒，胡亂發洩在她身上呢？

「那麼，妳說的末了之事是指？」

我開口詢問，於是奏音偏過頭去。

「你沒有其他事情要問了嗎？」

「妳的意思是？」

「比方我是如何回來的之類。」

「問了妳就會回答我嗎？」

「不，我也不曉得。」

說話沒頭沒腦、欠缺脈絡，是她從前就有的特質。

奏音抬頭仰望著天花板，身子不住晃動，不曉得是否很在意日光燈滅了一盞的昏暗照明。看到這樣的她，我感到亂焦躁一把的。

因為，她應該已經過世了才對。我理解並接受她的死，好不容易才在這幾年之中消化掉此事。然而，她為什麼事到如今又回來了？我當然是不希望她死去，想要她好好活下來。如果她還活著就好了——我如此心想過無數次。可是，當她像這樣出現在眼前，我的喜悅反倒很淡薄，只覺得煩躁不已。

「你在生什麼氣嗎？」

她也注意到了。

「並沒有。」

「抱歉喔，我果然給你添麻煩了對吧？」

「不要緊。別說那麼多了，快把妳的目的告訴我。」

我硬是推動話題進展，藉以蒙混奏音和自己。她毫無疑問是皇奏音，但我卻不願意相信。感覺一旦採信，就沒有辦法從某種事物之中逃脫了。我希望在事情變成那樣之前，先把麻煩事給處理掉。

「好。」

奏音點頭答應，於是我繃緊神經，聽她究竟會講些什麼。

「我想去電影院。」

聽不太懂她話中之意的我眨了眨眼。

「我想和你去看電影。」

她重複一次。看來似乎不是我聽錯。

「……電影？」

我竭盡全力才做出如此回應。

「對，電影。」

奏音頷首回覆。

「和我一起？」

聽聞我詢問的蠢事，奏音再次深深地點了個頭。

「所以我才會到這裡來。」

「妳是為此回來的嗎？」

「對。很奇怪嗎？」

「該說奇怪嗎……是很怪啦。」

我喃喃說道。

一切都太遲了。皇奏音已經不是這個世上的人。這樣的她，如今才要跟我看什麼電影，究竟有何意義？難道辦完了這件事她就會成佛嗎？

開什麼玩笑，我為何非得做這種事情不可？我已接受了她的離開。這並非多麼久遠之前的事。時間會替人療癒許多傷痛，但那多半都極為耗時。

我好不容易才覺得自己能夠向前邁進。費盡千辛萬苦，才終於如此。

「……我不要。」

甫一回神，我便這麼回答她。

「皇奏音已經死了。就算妳是皇奏音，對我而言也是不在這裡的人。我無法和不存在的人去看電影。」

奏音筆直地望著我。那雙絕非瞪視著我卻銳利無比的目光，好似看穿我鬱積在內心深處那份曖昧不明的情感……甚至是埋在底下的真心話。對此，我別開了眼神。

「這樣呀，我知道了。」

奏音簡短地說道。

「這樣好嗎？」

我是在問什麼啊？明明是我自個兒拒絕的。

「沒關係呀，我原本就想說可能沒辦法吧。」

奏音並未顯露出沮喪的模樣。也許她當真是那麼覺得，又或只是在顧慮我。對我來說，無論答案為何都一樣。

「好啦，既然被甩掉了，我還是告退吧。」

我茫茫然地看著講完話的奏音，拍拍膝蓋站起來的樣子。

「接下來妳要做什麼？」

我忍不住如此問道。明明問了也不能怎樣。

「這個……不曉得耶。我沒有什麼思考被拒絕後的狀況。」

「可是妳卻認為會遭到回絕？」

「這是兩碼子事。」

奏音悠哉地說著，而後伸了個懶腰。

「妳……會消失嗎？」

要稱呼面前的奏音是幽靈，她又顯得太有存在感。她是以生物的身分，確切無疑地存在於此。一碰鐵定會發現她帶有熱度，以及活生生的少女彈性，甚至還會感受到心跳吧。我不認為她會像是魔法般那麼輕易地消失。然而，既然她已非活人，總有一天會從世上消逝，這便是人世間的常理吧。

「說不定呢。」

奏音喃喃低語後，緩緩轉過身子，朝玄關的方向走去。我慢吞吞地跟在她的後頭。並不是要送她離去，只是雙腿習慣性地動起來而已。

穿上鞋子的奏音，僅回過頭來望了我一次。

「再見。」

她的告別十分簡短。

門扉打開後，長髮和裙子翻動的她，倏地從我的視野中消失。在我回話之前，大門就發出一道震天價響的聲音闔上。之後，房裡只剩下古董冷氣機發出的噪音，以及蟬鳴聲。

等到腳步聲逐漸遠離大門，我便覺得疲倦好像一鼓作氣湧上來，當場癱坐在玄關。

我捏捏臉頰，而後雙手包著臉頰拍了拍。

這是夢嗎？

我並不是在期待這樣的結局。

只是在向這個朦朧不清、令人鬱悶、沒有確切答案的思緒迷宮渴求著出口。截至方才為止，奏音都在我家。對於這份事實，一直到最後我都搞不清楚自己應當採取的行動，試圖以最簡單的方式解決。我放棄了思考。

但是，這樣真的解決了問題嗎？我所做的抉擇是正確的嗎？內心的一個芥蒂確實消去了，卻有其他疙瘩悄悄溜進來。該怎麼做才能消除這份鬱鬱寡歡呢？睡一覺起來便會覺得神清氣爽嗎？還是說，即使到了明天，它仍然會像新的創傷一樣隱隱作痛，不斷盤踞在我心中？

＊

「把球給我。」

她高舉著雙手直挺挺站在那兒。我忽視了她好一陣子，逕自拍著球仰望天空。秋季晴朗的藍天有著美麗的卷積雲，涼爽的風吹拂著頭髮。儘管捲起袖子會有些許寒意，不過感覺動一動就會變熱了。就這層意義來說，這是個很適合運動的天氣。

學生們讓午休時分的籃球場熱鬧不已。即使是放學後由籃球社所占據的空間，這個時間任誰都能使用。另一頭的籃框，有一票看似一年級的男生正追著球。

「我在叫你呀，球！」

我挪回視線，單手將籃球拋了出去，她便「妞喔」一聲鬼叫，撲上去接住了它。

「我真的很不擅長打籃球耶。為什麼籃框要做得這麼小呢？」

把開襟衫纏在腰際並捲起袖子的少女，瞇起一隻眼睛做出投籃姿勢，看似在想像著球的軌道。

「足球的球門就那麼大。」

「足球有守門員啊。」

「籃球不也是所有人都會來妨礙投籃嗎？一樣呀。」

她緊閉著一隻眼，氣勢十足地跳投射籃。少女紮起的頭髮大幅度搖曳，開襟衫和裙子飄揚著。球以偏低的軌道往籃架而去，不料卻遭到籃框嫌棄，大大地彈回少女腳下。

「啊，真是的，要是至少籃框再低一點就好了。」

「那樣子就算不上籃球了。」

我笑道。即使就平均來看，她也算是個頭嬌小，不過也有身材和她差不多的選手在活躍著。

「噯，你會灌籃嗎？」

忽然被她這麼一問，我搖了搖頭。雖然我身高夠，可是高高跳起來都不知道手有沒有辦法搆到籃框。

「你試試看嘛。」

她把球傳給我，強人所難地說道。我歪過頭昂首望向籃框。好高啊。我聽說就算是籃球社的人，能夠灌籃的也寥寥可數。倘若身高有個一百九，跳起來就抓得到籃框嗎？可是，灌籃還得從更高的地方把球扣進籃框裡才行。

「我辦不到啦。」

儘管這麼說，我還是拍起了球，算準助跑的距離後退了數步。她把籃架前方空出來，帶著期待的眼神凝望我。我的情緒略微高亢了起來。

我往前疾奔，運著球的同時驟然加速。

籃架轉瞬間就逼近到眼前，我捧著球跳起來。

身子輕盈到令人吃驚的地步。

肉體遠遠離開了地面。

我還以為自己凌空飛起來了。

籃框就在眼前。

舉起的手臂位於更高之處。

我把雙手抓著的球給灌進籃框裡。

——接著傳來一道震耳欲聾的緊急煞車聲。

世界驟然暗下來，籃框和球都消失無蹤。我徹徹底底地撲空，順勢朝前方翻了個筋斗。

著地之後，我聽見一陣陌生的水聲，低頭一看才發現不知何時腳邊聚起了血泊。整片血海浸泡到我腳踝的高度。

「奏音？」

我呼喚人理當在那裡的少女名字，可是無人應聲。

「奏音！」

某種東西啪嚓一聲倒在血泊中的聲音回應我。

回頭一看，只見腰際纏著開襟衫的少女，無力地躺在那裡。

我發出不成聲的慘叫。

警笛的聲響，不曉得由何處傳來——

警笛聲令我回過神後，我抬起頭來。此時，我的頭部側邊結結實實地狠狠撞上牆壁。我似乎是在玄關抱著雙膝睡著了。

感覺好像作了個不愉快的夢，記憶卻模糊不清。我發呆了一會兒，才想起奏音來訪的事。如果那也是一場夢就好了……內心如是想的我挺起身子，注意到窗外的天色已變得昏暗。

「糟糕，打工……」

我看向手機，發現有許多通未接來電；望向時鐘，才察覺自己的上班時間早已過了一半。我慌慌張張地站起身，打算抓了東西就飛奔而出——卻在玄關佇足不動。

警笛的聲音。

黃昏時分。

那一天，警笛聲也在某處響著。

當時，我和她吵架了，而且我對此事相當後悔。腦中某處很清楚，應該立刻向她道歉比較好。

但我沒有那麼做，而是獨自在街上閒晃。

意外隨後就發生了。

扭曲變形的護欄、破碎四散的汽車擋風玻璃、黑色的胎痕、水泥地染上的大片血跡、警察拉起的黃色封鎖線、紅色交通錐，以及巡邏車警示燈鮮紅的光芒。

我在回程路過了現場，聽聞有一場意外事故。一聽見被害人的名字，我的理性便蕩然無存。因此，其後的事情我不太記得。

有件事一直卡在腦內一角。

假如那一天，我有去道歉的話……

或許她就不會死了。搞不好她就不會被捲進意外裡。

反過來說，也許她是因我而死，是我害死她的。

我聽到警笛聲傳來。

感覺要比剛剛來得近。

她上哪兒去了呢？

——妳……會消失嗎？

面對我如此提問，她回答：

——說不定呢。

消失。什麼時候？從那之後過了好幾個小時。一個理當辭世的人，根本不可能有地方去。她是打算消逝而去嗎？這是什麼意思？她會再度死亡嗎？

我閉上雙眼，那天的景象便鮮明地復甦，簡直像是油漆或某種東西塗在眼皮底下。即使我不斷試圖將其抹去，這份從未淡化的記憶，今天卻格外地濃密、深邃、強烈——別這樣。

事情都過去了。應該老早就結束了才對啊。

我已經後悔過無數次。重要的人死於非命，使我的內心塗滿一片黑暗。儘管如此我仍撐了過去，並且能夠活到今日，是因為我花了時間等待傷口一點一滴地癒合起來。哪怕沒有消失的一天，傷痛也會被沖淡。

如今，卻像是硬要剝去那癒合起來的瘡痂。

她已經往生了。

不可能會再死一次。

今天和那一天不同，不可能會發生和當天相同的狀況。再說我打工遲到很久了，應該要去工作才對。

我強烈無比、像是要銘刻在身上似地告誡自己，然而，這次聽見遠處傳來的救護車警笛聲之後，我的心便淪陷至某個念頭裡。

「可惡！」

我在出言咒罵的同時，拋下了打工所需的物品，而後草率地穿上運動鞋，由玄關飛奔而出。

我居住的城鎮略微遠離東京都心又綠意盎然，要說郊外確實沒錯，不過稍走幾步路就有便利商店和超市。附近還有住宅區，無論是氣氛或實際情形都大致算是一座臥城。夜晚的路上杳無人煙，僅有稀稀疏疏的羽蟲在路燈微弱的光芒中飛著。天空顯得有點陰沉，月亮在薄薄雲層的另一頭發出朦朧的光芒。

我並未好好綁起鞋帶，就這麼衝下住家前面的坡道。她上哪兒去了我毫無頭緒。從奏音離去後，都過了好幾個小時。她有可能搭上電車、計程車或是巴士，不然就是憑著雙腿跑去什麼地方。明明她或許根本不在附近了，開始奔跑的雙腳卻不允許我裹足不前。

搞不好她已經消失了。

一般想來，這個可能性最高，但我一直不讓自己這麼想。一旦如是想，我的腳便會停下來。我不想停下腳步。儘管不願承認，可是我其實想找她。

我豎耳傾聽警笛的聲音。還聽得見。雖然警車的警笛停止了，不過救護車的警笛還在響。我憑著耳朵，朝聲音所在的方向一個勁兒挪動雙腿。

我走完坡道，在略大的馬路上往最近的車站筆直奔去時，警笛聲停了下來，但我逐漸看見了警示燈所發出的紅光。紅色的燈號，在這個既已被夜幕籠罩的城鎮裡駭人地閃爍著。那裡停著一輛警車和救護車。附近看熱鬧的群眾包圍了周遭，形成一個小小的圈子。

我連猜測發生什麼事的時間都捨不得，略微強硬地分開圍觀民眾，擠進事件現場。身體之所以會在一瞬間嚇到無法動彈，是因為那是一場交通事故。

汽車狠狠地猛撞到電線桿，擋風玻璃碎散一地，前保險桿扭曲到不成原形。遭撞的電線桿似乎也有點傾斜，看來汽車是以極其猛烈的勁道撞上去。

救護車似乎已經把被害者抬上車，我並未發現傷患的蹤影。事故車裡沒有人在，我也暫時沒看到血跡。

「不好意思！」

我巴著正在偵訊案情的警官問道：

「受害者怎麼樣了呢？」

「呃……男性駕駛身受重傷，不過沒有生命危險。你是他的朋友嗎？」

我整個人都恍惚了。

這是放下心來了嗎？我不太清楚。

「不，不是那樣。抱歉……」

我背對起疑的警察，慢吞吞地走出圍觀人群。

到底是在幹什麼呢？回過神來後，我覺得有些難為情。

果然不可能發生和那天一樣的事。人哪能這麼輕易死去——內心這麼想的我，是否真的稍微鬆一口氣呢？

「就是說啊，奏音怎麼可能遇上兩次交通事故……」

然而，我搖搖晃晃地抬起頭，呆望著被人群包圍的意外現場時，這次心臟真的差點要停止了。

一個熟悉的制服打扮身影，混在圍觀群眾裡。

那頭長長的秀髮隨著晚風輕盈搖曳。她踮著腳尖，看向意外發生之處。明明自己也是死於非命，她怎麼會想看交通事故的現場啊？比起「找到她了」的情緒，我的內心湧現出憤慨，於是深深地嘆一口氣。

皇奏音人就在那裡。

我大步走上前，抓住她的手。吃驚得轉過頭來的奏音，一見到我的臉就把雙眼瞪得更圓。

「妳不該在意外現場湊熱鬧。」

「……你怎麼會在這兒？」

「那是我要講的話。真是的。」

我把她從人群裡拖出來，帶到稍遠的小巷子才放開手。

我目不轉睛地盯著她看，又再次吁了口氣。確實是皇奏音沒錯。我放下心來，然後對這樣的自己感到錯愕。我整個人矛盾極了。

「妳說想去電影院，對吧。」

面對語帶輕蔑的我，奏音愣住了。

過去2

在學校時，我們大多是三個人在一起。畢竟我們同班，而且沒有什麼其他親暱的朋友，因此基本上都混在一塊兒。不知何故，集合地點總是在我的位子。來到七月後，窗邊的座位會曬得皮膚有點痛，不過吹進室內的夏風依然很涼爽，皇和井崎都會在下課時間來吹風。

「因此，這次我希望三個人一起出門。」

皇會如此氣勢洶洶地宣告，應該是因為被井崎放了合計第三次的鴿子——換言之，這也表示我和皇兩人單獨出去過三趟了——導致她終於快忍無可忍的關係。可是，井崎卻一副毫不介意的樣子，只回了一聲「喔」。

「喔什麼喔呀！你是主嫌耶！」

「有什麼辦法，我要打工啊。」

「你在六日也排太多班了！守財奴！」

「金錢即是正義啊，大小姐。」

面對難得一臉笑吟吟——當然是在挖苦——的井崎，皇用力把手邊的印刷物按在他臉上。

「下次再臨時毀約，你就給我記住呀。」

「這是什麼？」

我原先以為皇的個性溫順，看來她也有暴躁的一面。

井崎取下被壓在臉上的紙，而後瞇細了雙眼。

「那是演奏會的傳單，送給你。反正你也不會來就是了！」

皇徹底鬧起彆扭。我從旁觀看他們的互動，僅是竊笑著。

「你在偷笑個什麼勁兒！」

井崎明明不會頂撞皇，對我就會這樣。

「哎呀，沒什麼事啦。」

「你的表情分明就很有事。讓人火大耶。」

「好了好了。你是不是鈣質不足啊？來，喝個牛奶吧。」

「不需要！」

井崎儘管語氣粗魯，卻不像嘴上講的那麼粗暴。據說他動不動就跟人打架，可是我沒有實際看過他那一面，因此我並未把這類傳聞看得太重。井崎在皇面前大概已算是頗為圓滑，看慣了這樣的一面，讓我不怎麼怕他——最起碼沒有像班上同學提防到那種地步。

「是管樂社的演奏會？」

我收下傳單反問，皇頷首回應說：

「那是在市民大廳舉辦的定期演奏會，是慣例活動了。我是第三次參加，而這是最後一次。」

對喔，因為我們都三年級了嘛。由於我不屬於任何社團所以沒有實際感受，不過社內的三年級學生也該是慢慢退出的時期了吧。

「我會去聽的。」

我一說完，皇便露出微笑。

「我就知道你會那麼說，和某人不一樣。」

「我那天不用去打工。」

「反正會需要去支援吧。」

「嗯，大概吧。」

「你看看……」

皇交雜著嘆息，發出怨懟的聲音。她其實應該希望井崎去吧。我想井崎去年肯定也有受到邀請，只是同樣沒有去。

「算了，演奏會你不來也無妨，可是這邊你一定要去喔。」

皇接著開始述說三人一塊兒出遊的計畫，井崎卻中途打岔。

「我說啊，我們是考生吧。應該沒有閒工夫玩耍，不是嗎？」

「整天泡在打工地點，一次也沒有到過自習室的人，沒資格講這種話。」

「我去過好幾次啦。對吧，神谷？」

「不曉得，我沒看到。」

「喂！」

季節來到七月，我和他們都已經混熟到可以說笑的程度，而我基本上會為皇撐腰的構圖也逐漸形成。對於習慣獨處的我來說，像這樣經常和別人待在一起實屬罕見。和他們之間的關係便是令我感到這般極度舒暢。

「總之我想出去玩啦。這可是高中生活最後一年耶，誰有辦法把青春統統耗在讀書上呀。」

「知道了、知道了。那妳要上哪兒去啦？」

我心想「話題好不容易要步向正軌」，而後望向窗外。七月的天空非常晴朗，一整片湛藍無比。儘管梅雨季尚未結束，盛夏卻逐漸接近。放暑假之後，我得比先前更加努力用功念書才行。但我有預感，今年夏天會被皇硬拖著走，玩得比平時還凶。

隨著暑假愈來愈近，我窩在補習班的時間也漸漸變長。盛南訂的目標是暑假要用功四百個小時。因為暑假有四十天，單純計算下來一天要讀十個小時。我想說從現在起稍微習慣一下，於是開始會撐到晚間十點，也就是自習室關閉的最後一刻。

自習室裡依舊沒有井崎的蹤影，皇也在約一個小時前回去了。留在這兒的除了我之外，只剩另外兩人。

「要關門嘍。」

最後講師來把眾人趕出自習室，於是我騎著腳踏車踏上歸途。肚子咕嚕咕嚕叫著，訴說著飢腸轆轆。

「用碳酸來蒙混也有限度呢……」

我自個兒嘟囔的同時轉了個彎，鑽過通往車站後方的陸橋底下，意圖抄近路。這邊的治安不太好，不是成為不良分子的聚集地，就是經常會有巡邏車徘徊，但因為人煙稀少，所以騎腳踏車很舒適。

由於已經是晚上，更是杳無人煙。我心想「速度再稍微加快一點也沒關係吧」而踩下踏板時，狀況隨即發生了。

前進的路上忽然有個人影冒出來，我「喔哇！」叫了一聲，趕忙緊急煞車。

「不好意——」

之所以會道歉到一半就打住，是因為我認出了對方的長相。

「井崎？」

的確是井崎無誤。他的臉上到處是傷痕和瘀青，身上穿的制服也骯髒不堪，外表相當狼狽。

「你那副模樣是怎麼回事？」

露出「你哪位啊？」的神情狠瞪而來的井崎，發現是我之後便嗤笑一聲。

「我打了一架。」

「這我看也曉得啦……」

他究竟是和何方神聖上演了全武行？那副德性簡直像是從連續劇裡頭蹦出來。我回想起他一言不和就動手的傳聞，不禁皺起臉龐。原以為那只是空穴來風，居然是真的嗎？

「你幹嘛打架？」

「是對方來找碴。」

「你別理會不就好了？」

「他們有好幾個人糾纏不休啊。說什麼看我頭髮長很不爽。我管它那麼多。」

井崎搔抓著一頭亂髮，讓它變得更凌亂。

「我是覺得你瀏海很長啦。」

我吐了一個不重要的嘈，之後望向他臉頰上感覺最痛的傷痕。

「這種事情經常發生嗎？」

「什麼意思？」

「你蒙混的方式很蹩腳耶，我是說打架。」

「喔……唉，偶爾啦。」

「這次打得特別厲害是嗎？看你傷得很驚人。」

「嗯……是啊，或許打得挺凶的。」

井崎閃爍其辭，隨口回應。其實他並不想回答我吧。

一、二年級的時候，我多半曾和井崎在走廊上擦身而過許多次。如果有個人像這樣子渾身是傷，我立刻便會察覺。既然我毫無印象，表示他至少在那時並沒有做出這麼脫序的事嗎？抑或只是我沒看到罷了？井崎口中的「偶爾」，頻率有多高呢？一年一次？還是一個月一次？不曉得。他一定不肯告訴我。

皇是否知曉井崎這一面呢？我想她要是知道，鐵定會叫井崎住手。有可能她早已知情，並阻止過很多次，也或許即使如此仍阻擋不了井崎。假若如此，我根本不可能勸阻他。

「你啊，做這種事情會被皇同學討厭喔。」

聽聞我不禁脫口而出的話語，井崎的肩膀抽動一下。

「這和奏音沒有關係吧。」

「我想，皇同學不會希望你去打架的。」

「我就說了跟她無關！」

井崎焦躁難耐似地咒罵道。

晚風直到剛才都令人舒暢，但或許是我從腳踏車下來的關係，整個人被帶著高濕高溫的熱帶夜氣候給籠罩住了。令肌膚黏答答的濕氣纏繞在我身上。這股使人不快的空氣，也讓我有點煩躁。

「我從好久以前就在想，你為什麼淨是做些會讓皇同學討厭的事啊？」

皇難得特意邀請，他卻連續放人家鴿子，不然就是皇所不樂見的鬥毆。井崎明明毫無疑問將皇視為特別的人，卻老是做出惹她厭惡的事。我覺得這兩點極其矛盾。

「皇同學可是真的把你當成好朋友喔。就算你們交情親密，這樣不會做得太過火了嗎？」

「神谷。」

井崎低聲吼道：

「閉嘴。」

面對這句短短的威嚇，我把剩下的話語給吞回去。

和現在的他講什麼都是白費力氣。對這小子來說，打架一定是天經地義的事，就像我考前用功差不多。對一般人而言，光是互毆的門檻就很高了，他卻熟悉過頭到輕易跨越了那道門檻。這樣的人在世上有一定的比例，而他們會像是彼此吸引一般，迸發出拳腳相向的火花吧。

他的生存方式和我們不同。

「……你要確實療傷喔。」

說完這句話，我便和井崎道別。我一度回過頭去，只見井崎一動也不動地矗立在原地。

結果下一次的約定，井崎也以打工為由並未露面。皇已經連怒氣都沒有展現，僅是一臉落寞的樣子。那天原本說好要去登山，可是我們倆都提不起勁，於是在本地的咖啡廳打發時間。之所以沒去井崎的打工地點，多半是因為我倆一看到他的臉，就會忍不住不顧場合地出言抱怨。

「那小子在想什麼呢？」

我不了解井崎，無法相信世上會有人如此出爾反爾。站在皇的角度來看，已經是合計第幾次了呢？這已超越各種境界，進入笑話的領域。

「藤二從以前就是這樣。看似老實，卻不肯告訴我真心話。」

皇的語氣有些僵硬。

「我覺得他還挺獨善其身的，什麼事都想靠自己解決。賺取學費一定也是這樣。」

「我也是獨來獨往，沒什麼資格說他，但那樣子……就朋友來看很寂寞吧。」

我先暫且不提，不過皇是井崎的朋友。

「我認為你也是他的朋友喔。」

皇似乎聽出我的弦外之音，只見她微笑道：

「沒有其他男生會像那樣跟藤二說話了。我呀，想說藤二搞不好會仰賴你喔。」

「天曉得。那小子真的很任性妄為。」

最起碼就目前看來，井崎把我當成外人吧。這個嘛，自己以外的人說到底都是外人沒錯啦，不過井崎的態度十分徹底。除了自己以外，全是不相干的人，鐵定只有皇是例外。

「我想……井崎應該挺聽妳的話吧。」

「沒這回事。即使我說破了嘴，他仍死性不改。」

「比方像是不要打架之類的嗎？」

我稍稍迂迴地打探著，皇則是很乾脆地頷首。

「我講過很多次了，可是猛然回神就會發現他好幾天沒來學校或是蹺課了。藤二不在我們面前出現時，大多都是做了虧心事。這點很好懂呢。」

「他前陣子滿身是傷，在鎮上晃來晃去。」

我喃喃說道。

「真的是遍體鱗傷。我問他跑去幹嘛了，他說是跟人打架，而我一句話都沒能勸他。」

「騙人，你應該念了他一頓吧。」

皇有時很敏銳。

「有是有，可是感覺馬耳東風。」

「不，我想八成有意義才對，至少要比我開口管用許多。」

為何皇會這麼想？我不那麼認為。井崎可是毫不保留地嫌煩，還叫我閉嘴。

「嘴巴壞是他的缺點。他看似坦率，其實一點也不。」

我也搞不太懂皇怎麼會笑。感覺她相當寵井崎。

「不要緊。這次臨時失約，他大概也覺得很抱歉。我有預感，他差不多會做點什麼來補償。」

怎麼可能？雖然我心底這麼想，這件事卻被皇說中了。

很罕見地——當真極其罕見，井崎主動找我了。他會寄郵件來本身就像是奇蹟，甚至令我不禁昂首仰望天際，懷疑是不是要飄夏季雪了。

郵件內容很短，只有「來打籃球吧」這樣一句話，連時間地點都沒寫。無可奈何之下我只好追問，得到了九點在學校附近的籃球場集合這個答案。我不是很清楚為何要打籃球，這會是皇所說的「補償」嗎？

結果上午九點我到達籃球場後，發現井崎在那裡等了。籃球社似乎偶爾會拿這裡來練習，不過基本上任何人都能自由使用。井崎不發一語地把籃球丟給我，而後指著籃架，再交互指著我倆。

「給我用嘴巴講。」

「就是一對一鬥牛啊，懂一下好不好？」

「我懂是懂啦。」

我脫下上衣，開始運球。我的個子夠高，但不太擅長打籃球。井崎也很高，感覺不容易從他手中奪下分數。

我從右方運球切入，甩開井崎的防守射籃。球劃著弧線飛過去，可是勁道有些過猛，導致它被籃板大大地彈開來。接到籃板球的井崎嗤笑一聲。

「遜耶。」

「吵死了，我又不是籃球社的。」

「你偶爾也要運動一下啦，整天念書是會變蠢蛋的。」

「才不會咧。我就是為了變聰明才讀書的啊。」

「我就是在說你這種思考很蠢。讀書又不能當飯吃。」

這次輪到井崎進攻。他從運球開始，動作就和我截然不同，令人吃驚。好快啊，我跟不上井崎切換的動作，於是他輕鬆突破我的防守，漂亮地完成帶球上籃。井崎又再次哼笑，並在指尖上轉著球。他是原本就有在打籃球嗎？動作不像是外行人。

「喔喔，你們在打球了呢。」

皇來了。見到她的打扮，井崎皺起臉龐。

「奏音，妳幹嘛穿裙子啊？我有說要打籃球吧。」

「因為你和我根本打不起來不是嗎？今天有神谷同學在，我ＰＡＳＳ。」

「別說種掃興的話。像平時一樣，陪我投籃啦。」

「平時？」

聽見我反問，皇點了點頭。

「藤二喜歡打籃球。你不在的時候，我常被找來陪他。一對一鬥牛我根本不是他的對手，所以總是比賽自由投籃。」

「我才不喜歡咧。只是不偶爾動動身體，就會覺得消沉罷了。」

「好好好。你怎麼不去加入籃球社呢？」

確實如此。

之後我們享受了一段愉快的籃球時光。起初我還困惑著自己幹嘛來打籃球，可是動著動著便沉溺在追著球跑這件事情上。的確，近來我成天跑自習室，都沒有做點像樣的運動。當健全的汗珠開始由額頭滾落時，我們已經上氣不接下氣，便躲到樹蔭底下休息一陣子。

「不過，還真熱耶。」

身上剩下坦克背心的井崎抓著胸口搧風，而我則是對皇說著悄悄話。

「這就是補償？」

「對。藤二覺得過意不去的時候，都會找人打籃球。」

「這樣算得上彌補嗎？」

「嗯……啊，他還會請喝飲料喔。」

「飲料……」

當我傻眼地嘟噥時，井崎正好對著我們這麼說：

「我去買飲料，你們要喝什麼？」

原來他那樣有覺得抱歉嗎？不說根本不曉得。

決定不客氣地讓他請客的我，隨便告知了飲料的名字後，井崎便把手插進口袋裡，晃去附近的自動販賣機。

「唉唉……真的好熱。」

皇擦拭著汗水。

「夏天到了呢。」

我也呻吟著，並以襯衫幫臉搧風。井崎和距離最近，我們這裡也看得見的販賣機大眼瞪小眼好一陣子後，便稍稍對機器洩憤，走到其他方向去了。看來是沒有他所要找的飲料。

「我都搞不懂他這個人是好是壞了。」

我輕聲喃喃道，皇便呵呵發笑。

「他是笨拙啦。」

「在了解這點之前，也太花時間了。」

「對吧。那樣很可惜呢。」

一回神，我才注意到我們老是在討論井崎的事。總覺得沒來由地火大起來，於是我強行改變話題。

「皇同學，暑假妳有要去哪玩嗎？」

「嗯……不曉得耶。畢竟我今年是考生嘛。」

皇先前還誇口要三人到處去玩。聽到這番不像她會說的話，我笑道：

「感覺即使要應考，妳也會紮紮實實地玩耍呢。」

「咦，我並不喜歡遊手好閒啦，只是想適度地喘口氣罷了。」

「我知道、我知道。」

我也十分清楚她待在自習室的時間很長。

「那你呢？會去哪裡嗎？」

「不，原則上暑假我都不會離開家裡，這和考試無關。」

「咦？你在家都做些什麼？」

「打電玩或看漫畫……還有讀書。」

「畢竟你成績很好嘛。」

「還好啦，要是成績和我的苦讀不成比例，那就傷腦筋了。」

「該說你成績優秀還是頭腦好呢？感覺你腦筋動得很快。」

「誰知道呢？井崎還說我用功過度像個蠢蛋一樣。」

「啊哈哈。」

皇總是笑口常開。她笑起來臉上會出現小小的酒窩，讓原本就很稚嫩的形象變得更加孩子氣。見到她這般表情，我愈來愈搞不懂她為何會和井崎交好。

「皇同學，妳和井崎為什麼會是好朋友呢？」

我想說這是個好機會，於是將至今有意無意錯過的問題，直接對皇提了出來。她好一陣子都沒有回答。吹過樹蔭的夏季徐風，吹著她那頭長長的秀髮。當我思索著「馬尾也很適合她呢」的時候，皇忽然開口了。

「很奇妙？」

我花了些許時間才明白，她是以疑問句回應我最初的提問。

「該說是奇妙嗎……嗯，確實如此。」

「果然是這樣嗎？畢竟是藤二嘛，光是和特定人士親近就會受到矚目。」

「原來妳有自覺啊。」

「不過藤二可能沒有就是了。」

皇一副傷腦筋似地笑了。

「我呀，是狐狸呢。」

這句話來得太過突然，令我大吃一驚。

「呃，是指狐狸幻化而成的意思嗎？」

「不對、不對。」

皇露出微笑說：

「有句話叫『狐假虎威』對吧。我就是假借藤二這隻老虎威風的狐狸。」

我歪過頭，仍然不太理解她的話中之意。

「我從前曾經被霸凌過。」

皇講得雲淡風輕，我卻是繃緊了神經。

「抱歉，如果妳不想說的話也無妨。」

「不會，我不要緊，都是過去的事了。」

「……那是高一或高二時發生的嗎？」

「嗯，班上同學稍微惡整了我一下。」

八成並非「稍微惡整」的程度，這很容易想像。既然當事人清楚明白地斷定是霸凌，那麼同學想必對她做了相當偏激的事情。

「舉凡像是鞋子被藏起來，或是桌子遭到塗鴉等等，都是很常見的手法啦。」

「為什麼妳會……」

話說到一半，我便噤聲不語。

我隱隱約約察覺到，她之所以會被欺凌的理由。

即使是在現在的班上，皇也很格格不入。她有些與眾不同，有時候話題會起得很突然，還會使用獨特的措辭。在學校生活這種整齊劃一的人際關係當中，那種個性往往會在負面意義上引人注目。再加上皇看起來又很稚氣，簡單說就是湊齊了容易遭到欺負的條件。

「我不太記得起因是什麼，總之他們就是看我不順眼。我想現在肯定也是啦。」

皇罕見地露出淺笑。換句話說，那是在強顏歡笑吧。這表示要談論那些人的時候，不這麼做就無法壓抑心中情感。

「然後，有次下課時間我被叫去了屋頂。」

皇的雙眼蒙上陰霾。

「對方說，我的頭髮長到讓人很煩躁，所以要幫我剪掉。他們試圖拿一般剪紙用的剪刀動手。我實在是不願意，於是抵抗，結果演變成拳打腳踢的騷動。這時，藤二碰巧人在屋頂上。他好像是打算蹺課的樣子。」

老虎在出乎意料的地方登場了。

「雖然我有種『既然你在這裡，一開始就來救我呀』的感覺就是了。總而言之，藤二出面說了一句：『你們還要繼續鬧嗎？』大夥都覺得藤二很可怕，所以一哄而散地逃跑了，只有我被留下來。正巧這時上課鐘聲響起，藤二問我『要不要一起蹺課』，我同意了，兩人就一起溜掉。我還是第一次曠課耶。從此以後，我就經常會和他說話。」

皇害臊地抓著頭。

「所以說呀，我是假借老虎威風的狐狸。自從我和他熟稔後，霸凌就不再發生。但那是因為大家害怕藤二，也不願接近待在他身邊的我，我其實什麼都沒做。藤二一定也很清楚自己被利用了，可是，他是在心知肚明的狀況下甘願如此。或許他其實壓根兒不想搭理我，只是在教室裡讓我當狐狸，好給大家看。」

我望見井崎從對面走回來。那小子之所以和皇要好，是為了保護她？若非從皇的口中親耳聽見，我根本無法置信。不過，實際上井崎在教室裡和皇處得很好，表現出她背後有自己這個靠山給班上看。假如這成了霸凌的抑止力……對皇來說，是多麼值得慶幸的事情呢？

因此，皇不論再怎麼被井崎反覆放鴿子，還是會約他，井崎則會在瘋狂失約後補償她。他們倆毀約到此等地步依然成立的奇妙友情，感覺我稍稍窺見了比想像中要來得複雜許多的核心。

「神谷，你別胡鬧了。」

井崎冷不防地對我發飆。

「別叫我買 Dr. Pepper 這種一般販賣機不會有的冷門飲料啦。」

「那才不冷門。」

「給我喝可樂解饞。拜你所賜，我的可樂都變成溫的。」

「請節哀順變。」

我竊笑著收下飲料。確實就如井崎所言，我並不是特別想喝這東西，只是想害他傷腦筋。但在聽聞皇的狀況後，我覺得自己好像做了有點對不起井崎的事。

*

距離暑假進入倒數讀秒的某一天，我再度於補習班下課的路上看到井崎。我打算走車站後方回家時，經過的那條冷清小巷另一頭，傳來了明顯在動武的氣息。原想視而不見的我，帶著看熱鬧的心態偷偷望去，便發現正在揮拳的人是井崎。狀況看來是一對三，不過井崎占據壓倒性的優勢，只見其中的兩人癱在地上。

我聽過車站後方治安不好的傳言，一看到原來會發生這種事，我就瞭然於心了。雖然置之不理應該也要結束了，但這種時候是不是找警察來比較好呢？就我所知，距離此處最近的派出所位於隔著車站的反方向。感覺在我前去報警的期間，這場架就要落幕了。既然如此，或許放著不管就行，可是如今在那裡高舉拳頭的人是我的朋友。更重要的是，如果是皇的話，她鐵定會毫不猶豫地出面阻止。

我嘆一口氣，走下腳踏車。真是的，我們都是考生，真希望他別惹麻煩啊——我內心如是想，同時往井崎身後靠近。在他正要揮下緊握的拳頭時，我從後方握住他的手阻攔。

「怎樣啦？」

我看得出來，懶洋洋地回過頭來的井崎，那雙瞳孔一看到我便放大許多。他的臉上又變得滿是傷痕。明明臉頰的舊傷好不容易快好了，這次另一邊又增添新的傷口。雖然多虧這小子成天做這些事情，皇才能當一隻借用老虎威風的狐狸，但也夠了吧。井崎用不著打架，也已經是老虎了啊。

「你還要繼續鬧嗎？」

我一開口詢問，井崎便稍稍放緩力道。

「是這些人先來挑釁的。」

這些人——定睛一瞧，他們的個頭全都比井崎小一圈，而且身上的制服似曾相似。

「就叫你別理會了。」

「他們死纏著我說，我瀏海太長啊。」

「那是事實啊，你剪一下啦。」

我苦笑著放開井崎的手，於是井崎也放掉了對方被他另一隻手揪住的領口，而後一臉無趣地咂了個嘴。

「神谷，你出現的時機真不湊巧。」

「我也深受其害啊。」
「別發自內心地耍白痴啦。我才倒楣吧？」
「大家都半斤八兩吧。真是的，又搞得一身傷。」
井崎的制服渾身髒兮兮，相當不成體統。他有自覺明天是結業式嗎？
「週末有皇同學的演奏會耶，你想帶著滿身傷痕參加嗎？」
「我根本沒說要去。」
「我也沒聽你說不去。」
「我不去。」
「我沒有要聽你賭氣。」
我對癱在地上的三人說：
「找碴也要挑一下對象。你們差不多快放暑假了吧？要妄自尊大是可以，不過也該適可而止啊。」
虛弱地站了起來的三人，臉上都各自有著偌大的瘀青。唉，既然是他們先找碴，這些傷也只能讓對方當成學費了。真希望他們就此學乖，別再做傻事。
三人並沒有撂下狠話，搖搖晃晃地離去。我望著他們的背影，喃喃說道：

「那是三中的制服耶。」

「那又怎樣？」

「別對國中生動氣啦。你明年就是大學生了。」

「就跟你說是對方來挑釁的啊。」

井崎吐了一口摻著血的唾沫。

我們漫無目的地走在由車站後方延伸而出的河堤上。因為井崎往那兒走，我只是跟著他罷了。這麼說來，我並不清楚這小子住在哪裡。雖然井崎不發一語，但我可以強烈感受到他內心抱怨著「別跟在我後面」。儘管如此，我依然牽著腳踏車，緊跟在他後頭。

不久，按捺不住的井崎低聲說道：

「你是要我怎樣啦？」

我聳了聳肩。

「沒要你怎樣啊。」

「那你幹嘛跟過來？」

「我只是想說，還沒聽到你的回覆。」

「什麼回覆？」

「你到底要不要去皇同學的演奏會？」

「我說了不去啊。」

「我也說沒有要聽你賭氣吧。」

井崎焦躁地踹飛小石子。

「『不去』這個答案為啥會是賭氣？」

「如果是『沒辦法去』我可以理解，『不去』就是在意氣用事吧。因為那是你的判斷。」

井崎霎時間目瞪口呆，露出一副像在說「搞砸了」的表情後，重新改口說「不能去」。然而，為時已晚。

「你來嘛。皇同學等了你三年耶。」

「……才沒有等那麼久咧。」

「你並非單純在借她威風吧？」

井崎歪頭不解。他果然不曉得我在講什麼嗎？

「我的意思是，既然是朋友就去一趟啦。這都是最後一次了。比起兜圈子利用打籃球補償，這樣皇同學會開心許多喔。」

「你在講什麼？」

他是毫無自覺，抑或是在裝傻呢？無論答案為何，他都很笨拙。

「你愈來愈像奏音了。」

井崎一臉煩躁地開口的模樣很逗趣。

「基本上我是站在皇同學這邊的。不用想也知道我會挺誰。」

「煩死了。」

他簡短地拋下這句話，便死心似地停下腳步。

我們正好來到橋上。月亮映照在河面。這裡到底是哪裡？現在又是幾點？那種事根本不重要。我心想，我們現在八成在討論極其重要的事，比起考試或打工都來得要緊許多。友情？並不是那麼離譜的東西，而是更為單純的狀況。這關乎男人之間——或說是人與人之間的仁義。

「阿宏。」

他開口呼喚我。這是井崎第一次叫我的名字。

「你有沒有ＯＫ繃？我血流不止。」

我笑了。

「才沒有。男生準備得那麼周到很噁心吧。」

「的確。」

我們倆相視而笑。一方傷痕累累，另一方則是一臉倦容。不知是否因為在笑，或是水面漾起的漣漪之故，我們映在河面上的朦朧人影，輪廓模糊不清地搖曳著。

*

藤二把頭髮剪了。

那是在他出席皇的演奏會——亦即七月下旬的事。

「我還想說是誰呢。」

我毫不客氣地大笑。其實藤二的髮型並不怪，反而該說是剪得很英俊，只是我看不習慣，還有那份爽朗和他很不搭。藤二說一聲「吵死了」，胡亂抓起他那變短的頭髮。

「這樣很有夏天的風格，不賴啊。你應該平常就剪短一點啦。」

「我會再留長的，這次要一年不剪頭髮。」

我不曉得他是在賭什麼氣，只見藤二如此宣告，而後氣呼呼地就座。

因為是高中管樂社的定期演奏會，觀眾淨是和我們一樣的高中生，不然就是看似監護者的大人，不過人還滿多的，可謂高朋滿座。我和藤二坐在最前排。藤二原本說想坐後面，可是那樣一來皇就不會注意到他了。今天他有來這件事很重要，所以我說服了藤二，讓他坐在最前排正中央的位子。

「話說回來，皇同學負責的是什麼樂器？」

「那叫啥來著……好像是叫 God Father 的樂器。」

「喔……Fagotto——低音管是嗎？」

管樂器經常會被拿來比喻個性，而皇總給我單簧管的印象。就體格上而言，她不符合低音樂器（上低音號、長號、低音號）的形象；大受歡迎的長笛、小號以及主張強烈的薩克斯風，似乎也不太適合內斂的皇。溫文儒雅的她，感覺吹奏纖細的單簧管或雙簧管比較合適，結果居然是低音管嗎？

「低音管是什麼樣的東西啊？」

「縱長型的茶色樂器。」

「……那不是小提琴嗎？」

「小提琴不是縱長型的吧？是說，管樂不會有小提琴出現啦。」

在我們聊著大外行的對話時，來到了開演的時間，於是蜂鳴器響起。

皇和其他演奏者一同抱著低音管走出來。隔了一會兒指揮出現後，場中便掌聲雷動。不曉得是否因為緊張，皇的眼神飄移，視線在相當高的地方徘迴不定，很難說會不會注意到舞台下的我們。啊，她望向下方了，有看到這裡嗎？發現我們了嗎？見皇杏眼圓睜，我以手肘輕輕撞一下藤二。「幹嘛啦？」雖然藤二稍稍抱怨，但還是微微舉起手來。我看見皇稍微點個頭，臉上還掛著笑容。她一副十分害臊的模樣摩擦著髮絲。喔，她察覺到了。硬是把藤二帶來真是太好了。

在其後的演奏中，藤二一句抱怨也沒有，靜靜聽著音樂。儘管他看似茫茫然地望著整群人，實際上應該是在看皇吧。皇確實地將偌大的低音管吹奏自如（我聽不出個人的樂聲，不過至少從旁看來是如此），演奏本身非常悅耳，我覺得很棒。有的曲子活力十足，有的節奏明快，還有陽光的曲調令人感受到今後將要到來的季節。

我心想，夏天要來了呢。

這肯定是我們三人一同度過的第一個夏天，也是最後一個。

現在3

這個時間要去看電影太晚了，於是我決定明天再說。我問奏音是否有地方住，她反問我一句：「你覺得有嗎？」令我啞口無言。

「順帶一提，我可以問妳打算怎麼辦嗎？」

「我相信你不會在這種時間把女高中生丟在外頭。」

奏音嫣然一笑回道。

「我要跟妳收住宿費喔。」

「很遺憾，我身上沒有錢包。」

奏音把空空如也的口袋翻過來給我看。看來她當真是兩手空空的樣子。

如此一來，我就沒有選擇的餘地了。要借錢給她也行，可是女高中生自己一個人很難去飯店投宿吧。而且我聽說晚上十點過後，很多網咖是禁止高中生入內的。光是她做制服打扮，根本想都不用想了。縱使我借她衣服，長得娃娃臉又嬌小的她，免不了要做年齡確認吧。

只能讓她住在我家。

雖說是情勢所逼——還是自個兒招來的——但我萬萬沒想到，會有讓女高中生借住自家陋室的一天。

回家的途中我們繞去超市買東西，奏音不知何故一臉喜孜孜的樣子。

「幹嘛？」

「嗯？我是在想說，感覺你好像很熟練耶。」

「這……妳以為我已經獨居幾年了？」

「我不知道呀。兩年左右？你現在幾歲？」

「二十一。」

「哇～好成熟呀～」

話是這麼說，如果她的時間在往生的那天便停滯不動，記得沒錯是十七歲，虛歲十八。一想到我們僅僅相差三歲，便讓我覺得：「從那之後才過了三年而已嗎？」之所以會有過了很久的感覺，是因為時間的流逝自那時起就變得緩慢嗎？或許時光停留在那一刻的人，其實是我也說不定。

回到家後，奏音喊了句「打擾嘍」便匆匆進門，而後又興致高昂地四處環顧室內。

「沒什麼東西好看的吧。」

「有呀，我很好奇你過著怎樣的生活。」

開著沒關的冷氣機發出轟隆聲響。奏音不知為何眺望著它好一陣子，之後轉過頭來，露出一個難以言喻的笑容。

「感覺很那個，意外地骯髒呢！」

「囉嗦，獨居男子都是這樣啦。」

我打開冰箱，把採買的東西放進去，於是奏音又興味盎然地從旁窺探冰箱裡頭。

「啊，裡面有酒。」

「這點東西當然有啦。」

「我想喝！」

「什麼？」

我使勁皺起了臉龐。

「妳對自己的年齡沒有自覺嗎？」

「有什麼關係？這種機會一輩子都沒有嘛。再說，我現在並不受人世的法律所束縛！」

亡者如此無憂無慮可以嗎？

「讓未成年人喝酒的我會被問罪耶。」

「你不說就不要緊啦。」

「……妳的個性是這樣的嗎？」

「嗯……先前是怎麼樣的呢？我已經忘掉了。嗳，我想喝。人家想喝嘛～」

像個三十歲大叔一樣嚷嚷著想喝酒的奏音死纏著我，於是我不情不願地遞了一瓶酒精濃度低的罐裝水果酒給她。奏音雙眼熠熠生輝地望著罐子，喊著「我是大人了！」又做出一個神祕的勝利姿勢後，坐在桌子前拉開拉環。

既然事已至此，我也不管了。反正不喝酒，我也不認為自己有辦法和奏音睡在同一間房裡。

「來，乾杯～」

「……乾杯。」

該怎麼說？我覺得心情上輸得一敗塗地。

戰戰兢兢地喝了一口的奏音，喃喃說著「好……甜喔？」這種不明的感想，之後一度看向瓶身後——八成是在確認酒精濃度標示——又嘗了一次，才望向我的臉說：「這個不苦耶。」

「是不苦吧。」

就我看來，那幾乎跟果汁一樣。

「我還以為酒都很苦呢。」

「那是啤酒吧。」

「你沒有啤酒嗎？」

「我很少喝。」

奏音喝了三口，嘟噥著說「我的臉好燙」。難道她已經喝醉了嗎？酒量差也該有個限度。仔細想想，連我都喝起酒，誰來照顧這丫頭啊？於是我面露難色，把先前一點一點啜飲的水果酒給推開了。

「酒還真好喝耶。」

見到奏音悠哉地喝得醉醺醺，我想說既然如此，乾脆來質問她的真正意圖。

「妳怎麼會想去看電影啊？」

「因為我想看呀。」

「那妳自個兒去看就好，我借妳錢。」

「要是一個人就行，我也不會在這裡啦。」

「為什麼非得和我去不可？」

「你覺得呢？」

她以失焦的雙眼望向我。

原因為何？

我有聯想到不無可能的理由，但裝作沒有發現。

「妳想看哪部片？」

「什麼都行，只要我們兩個一起看就好。」

「恐怖片也可以嗎？」

「啊啊啊啊！那不行！不要恐怖片！」

奏音交叉雙手比出一個大大的叉叉，而後搖搖晃晃地甩著頭，趴到桌上。

「對了，阿宏……」

話說到一半，奏音原本朦朧的眼神忽然清醒過來，之後猛搖著頭說：

「嗯，沒事，當我沒說。」

因為是醉鬼在講醉話，我便左耳進右耳出。

「唉……不過真是太好了，你願意陪我一起去。」

結果我還是把手伸向推遠的水果酒。我果然想跟理性道別了。

「嗯……因為我們是朋友啊。」

「朋友嗎……嘿嘿嘿。」

奏音傻笑一會兒便直接入睡了。我也記不太清楚自己是何時進入夢鄉。

隔天早上我醒過來後，發現奏音不見了。

我倏地跳起來環顧四周，可是都沒找到人。照理說奏音應該趴在桌上，卻遍尋不著她的身影。

這次真的是我在作夢嗎？我一瞬間如是想，不過昨天奏音所喝的水果酒仍留在桌上。我輕輕搖晃一下，發現罐裡還剩下一半以上。看來她很不會喝酒的樣子。

開了整晚的冷氣機所發出的運轉聲，像在說自己已經瀕臨極限，於是我把它關掉。將手伸向玻璃窗試圖打開窗戶的我，見到奏音人在外頭便吁了一口氣。

儘管那兒的規模稱不上庭院，不過有個雜草叢生的空間，一名少女矗立在正中央。

逐漸升起的朝陽照耀著少女的頭髮，顯得燦爛生輝。她的髮絲依然烏黑，好似黑夜僅殘留在那裡一般。我透過朝日看向自己的瀏海，泛著淡茶色的頭髮透著光芒。

「那裡什麼都沒有吧。」

我打開窗戶，對她開口。

「附有庭院的房子感覺不錯耶。」

奏音回過頭來。

「並不好。一樓還會長蟲子。」

「喔，原來還有這種層面的考量……獨居也很辛苦呢。」

「是啊……早餐吃麵包可以嗎？」

我趁著烤吐司的期間拿平底鍋做培根蛋，再把紅葉萵苣疊到盤子上。奏音似乎感到很有趣地說：「哇，你在做菜耶。」

「這點小事很普通。」

「你有好好在過獨居生活呢。」

不知為何，奏音一副非常感動的模樣表示佩服。對於時間永遠停留在高中時期的她，或許獨居這種事她無法想像吧。

我們圍著一張小小的矮腳圓桌吃了一頓早餐。看到打算把荷包蛋的蛋黃留到最後吃的奏音，讓我覺得和平過了頭不禁有些洩氣。她很平常地吃著培根、蛋白、還有麵包，也會喝茶。

「簡單說，妳是幽靈嗎？」

在意起來的我問道，奏音頂著一臉呆愣的神色望向我。

「幽靈？我嗎？」

「不是嗎？」

「我有腳喔。」

奏音在圓桌底下踢我一腳。

「你把我當成一般人不就好了嗎？」

她講得事不關己，但一般人死過一次之後就沒命了。

「雖然妳那麼說，可是到時候會消失吧？」

「大概吧。」

「喂……」

「我也不曉得自己剩下多少時間呀……」

奏音以盤就口，一口氣把蛋黃塞進嘴裡，以免它掉下去。從旁觀看的我嘆了口氣。果然和平到令人失望。

吃過早飯後，我們稍微討論一下今天的事。

奏音並沒有特別想看的電影。應該說，她完全不知道有什麼片正在上映。她表示只要能看電影就好了，於是我拿出手機搜尋最近的戲院。

「噯，出門前我可以借個浴室沖澡嗎？」

奏音說。

「妳都死了，還會介意自己有沒有沖澡嗎？」

「會呀。就算死了，我也是個十七歲的女孩子嘛。」

我原本想問問她換洗衣物的事，可是她根本不可能會有，因此這是個不識趣的問題。

「請用。」

我指著浴室說。

「我可以用洗髮精嗎？」

「請自便。」

「可能會稍微花點時間。」

「好好好。」

在奏音淋浴的期間，我大致找好了附近的戲院。正在上映的片單很微妙，或說是我不甚了解，總之，只要配合時間和奏音的喜好來選就行了吧。

話說回來，經過一個晚上，我發現自己意外地接納了她的存在，於是自個兒發出苦笑。我心想，這下子已經不能回頭了呢。我接受了皇奏音。明明跨越了她的逝去，眼下的情況卻覆蓋掉了這件事。皇奏音過世了，卻又回來了。

「噯，這跑不出熱水耶。」

奏音悠哉的聲音由浴室傳來，我的緊張感似乎也跟著跑到九霄雲外。

花二十分鐘走到車站，再搭電車過五站，一出站就有一座商業設施櫛比鱗次的暢貨中心在那兒。當中有座規模不大的電影院，大半的新片都能欣賞到的樣子。奏音直直往電影院走去，但我拉住她的手。

「怎麼了？」

「在看電影之前，我們先去買衣服。」

「衣服？你想要新衣服嗎？」

「不是我，是妳的。」

「我的？」

呆若木雞的奏音相當遲鈍。

「和身穿制服的女高中生走在路上，我給外界的觀感會很不好。我幫妳出錢，妳自己去挑件適合的便服。」

「喔……」

瞭然於心的她低頭俯視自己的打扮。我們的年紀並沒有相差很遠，因此看起來也許會像一般的情侶或兄妹，可是高中生目前正在放暑假，制服太惹人注目。穿著便服的男性帶著這樣的女生到處走，觀感也不好。

我們逛了幾家以便宜為賣點的連鎖店，買了奏音的衣服。奏音換上剛買的新衣，身上變成T恤加牛仔褲這樣的簡單打扮，這樣的服裝很適合她。換下的制服放進店家給的袋子後，我走在奏音身旁終於不再心神不寧。

「你怎麼一臉放寬心的表情呀？」

奏音嘟起嘴。

「這個嘛……女高中生走在身旁，當然會讓我坐立難安啊。」

「講得像個大叔一樣。」

「實際上就是大叔啊。過了二十歲的男人全都是大叔。」

我口吐謬論，同時注意到自己當真對奏音穿著制服一事感到心神不定。這並非因為奏音看來是個女高中生，而是她和那時——死亡之際一樣身穿那所高中的制服，所以我很在意。若要換句話說，那套便是她的壽衣，因此我才不希望她穿著高中制服。不過這種話實在愚蠢透頂，我說不出口就是了。

買完東西的我們前往戲院，斟酌著片單。

「妳有什麼想看的片嗎？」

「唔……」

奏音瞧向每年夏天都會上映的孩童動畫電影版。她的興趣依然很孩子氣。

「你喜歡什麼樣的電影？」

「我最近都沒在看。」

我搖頭回應。我已經好些年沒看電影了。

「我沒有帶眼鏡，所以不能挑字幕版的。時間剛好，我們選這部的配音版吧。」

奏音所指的是一部經常會在車站等地看見廣告的好萊塢電影。我認為這樣的話我也能樂在其中，便點頭同意了。

我們買了兩張十點開演的配音版《催化劑》的電影票。

「妳會吃爆米花嗎？」

聽聞我詢問，奏音搖了搖頭。記得先前好像也有過這樣一番對話。我最後和奏音去看電影，究竟是什麼時候的事？印象中曾發生過這種事，又似乎是我記錯。

我們只在戲院裡的商店買了飲料，並在開演的同時走進三號影廳正中央的位子。開始播放預告片之後，我便悄悄窺探奏音的側臉。那雙偌大的眼眸，映著瞬息萬變的銀幕畫面。說想來看電影是她的主意，這樣子她真的就能滿足了嗎？明明連要看的片子都毫不講究。會陪她做這種事的我，八成也不太正常吧。

重新思考起來，便覺得自己到底在幹什麼。好像身處在夢境中，輕飄飄又沒有現實感。我居然在和皇奏音看電影。明明她已經不在人世了。本應過世的她，如今卻坐在我身邊。

自從她過世後，我每天都拿著鏟子撈起沙子，撒在我們之間的記憶上。當腦中逐漸堆積起許多沙子時，我希望它就這麼被埋沒；期盼當我試圖回憶起她的時候，沙子會像深夜電視映出雪花畫面般漫天飛舞，把記憶覆蓋掉就好了。反正我不會再和她碰面。

然而，這時卻忽然颳起一陣足以悉數吹散那些沙子的強風。

夏季風暴。

我一隻手拿著鏟子，杵在飛揚的沙塵當中，不曉得應該繼續對記憶灑沙子，抑或是把它挖掘出來……

我面露苦笑。

也許我的腦袋終於因為暑氣而錯亂了吧。今年夏天很熱，今天也會是一個酷熱的日子，得千萬小心不要熱倒了——在我思索著這些事情時，電影正片開始，我味如嚼蠟似地望著看不太進腦中的內容。

「還挺有意思的耶。」

看完電影的奏音心情大好，還說「總覺得影像很震撼呢」這種孩子氣的感想。我不認為三年前和現在的影像技術有多大差異，可是對於死去的她來說，這究竟是睽違多久的一部電影呢？既然很久沒看電影，或許她所接收到的感官刺激和活在世上的我不同也說不定。

奏音說想喝杯茶，我決定陪她去一趟。暢貨中心裡的店家全都人滿為患，因此我們跑去一家位於車站大樓上方的小小咖啡廳。

奏音點了咖啡歐蕾，我則點冰咖啡。當我們坐在位子上喘口氣後，奏音便針對電影的優劣之處，連珠砲似地述說感想。

「妳還真愛講話。」

我錯愕地說出這般感想，把「明明妳都已經死了」這句話給吞回去。

「看完電影之後，就會進行一番心得論戰嘛。」

奏音講得像是決定事項一樣。

「不是每個人都會那麼做。」

最起碼我不太會那樣。

「你可以告訴我心得也無妨喔。」

「光聽妳的感想我就飽了。」

由於氣溫很高，冰咖啡十分美味。冰冰涼涼的苦味，有如清流般沖刷著黏膩的喉嚨深處。

「我果然還是喜歡在戲院看電影。」

語畢，奏音把第二顆糖漿球加進咖啡歐蕾裡。這麼說來，我才回想起她還挺嗜吃甜食的。

「在家看也沒什麼兩樣吧？」

「差多了。在家裡不會關燈看，音效也截然不同，畫面還很大。另外，電影院裡會有爆米花的味道。」

「妳明明就不吃爆米花。」

「我覺得只有氣味就好了呀。畢竟不會在空腹狀態下看電影嘛。」

「嗯，或許吧。」

窗外看得見我們方才所待的那棟暢貨中心。看到人們成群結隊來來往往的模樣，令我想到工蟻。井然有序地排著隊，默默走在路上的一群黑色螞蟻。我漠然心想，人類這種生物，還真喜歡有條不紊地行動。

「人潮好壯觀喔。」

喃喃低語的奏音，似乎和我望見了相同的事物。

「東京有好多人呢。我還是第一次來。」

這句呢喃讓我猛然驚覺。

「對了，妳是怎麼到這兒來的？」

「不曉得，我一開始就在東京了。當我回過神來，已待在你家門前。」

「真虧妳知道那是我家耶。」

「因為有你的味道。」

我皺起臉龐。這句難辨真假的話語，奏音好像無意收回或解釋。

「我們居住的城鎮，離這裡很遠嗎？」

她這樣問我。

「很遠啊。」

「我原本覺得那座城鎮也挺大的，現在才知道外頭有更大的城市呢。」

「不過，只要有那個意思，妳想去哪都行，用不著那麼悲觀吧。」

當我眺望著天花板那個和自己家半斤八兩、發出險惡聲響的冷氣機時，奏音忽地瞇細雙眼，直愣愣地盯著我瞧。

「幹嘛？」

「嗯……你好像稍微長大了？」

我的年紀的確增長了，但自己沒有那種感受。

「嗯，有成長的感覺。」

「那還真是謝謝。」

我嗤之以鼻。我想不太起來，以前的自己是怎麼跟奏音聊天的。

「說到從前呀，阿宏……」

奏音欲言又止地沉默下來。

「不，沒事。」

說完，她便再三端詳我的臉。

「嗯，我果然還是覺得你有點變了。」

話題走向又被拉回去。

「……倘若我有所改變，那也是因為妳過世的關係。」

我輕聲說道。

沒錯，那場意外讓我走樣了。我失去諸多事物，幾乎都仍未能找回來，而且有幾件東西是一輩子都拿不回來的。對世間而言，那或許只是一場不幸的車禍，對我來說卻是極其重大的事件。往後的人生裡，一定不會發生凌駕其上的狀況。

「抱歉。」

奏音開口致歉。我不知道她為什麼要道歉。

「這不是妳的錯。」

「可是，假如我活著的話……」

「不要講得好像是自己弱不禁風才死掉一樣，只是碰巧發生在妳身上罷了。」

「我是碰巧死去的嗎？」

「無論必然或偶然，死了就是死了。」

在玻璃杯中融掉的冰塊，發出喀啦一聲涼爽的聲音。要是能那樣子輕易融化掉就好了。我的過去什麼也沒有冰消凍釋，它從那一天就凍結起來，一直處在絕對零度的冰川底下，因此我完全不覺得自己有所成長。時間自那一刻起就停滯不前的我，毫無長進的餘地。

「……妳還記得自己死掉時的事嗎？」

我略微抬起視線，覷向奏音。

「嗯……因為事情一轉眼就結束了呀。」

奏音以吸管攪動冰塊，同時望向斜上方。

「我記得卡車逼近過來，大燈近在眼前。感到刺眼的我把雙眼閉上，然後就……」

奏音聳了聳肩。

「我連感覺疼痛的空檔都沒有，所以並未受苦喔。」

我只要說一句「那真是太好了」就行了嗎？不管講什麼似乎都會踩到地雷，於是我保持沉默。

「不過，我沒料到會再次重生為人。我呀，死掉之後想投胎變成夜光藻呢。」

她忽然語出驚人這點還是跟以前一樣。先前嚴肅的氛圍瓦解，我感到錯愕。

「夜光藻？」

「會在海裡發出藍光的浮游生物。」

「這我知道。妳怎麼會想成為夜光藻？」

「因為隨波逐流地閃閃發光很漂亮嘛。」

「……就這樣？」

「就這樣。」

我無言以對。

我一鼓作氣地把剩下的冰咖啡喝光，之後刻意輕咳了兩聲，試圖把話題拉回正軌。

「好，我陪妳做完未了之事了。這樣行了吧？」

奏音說想去看電影，我也與她同行了。那接著會怎麼樣？

她並未跟著我從位子上站起來，我回頭望去，只見奏音愣愣地掛著奇妙的表情看向我。

「妳在幹嘛？」

奏音歪頭問：

「『可以了』是指什麼？」

「我和妳一塊兒看過電影了吧。」

「嗯。」

「那妳的心願應該都了結了吧？」

奏音輕快地跳起來。

「還沒喔。」

「咦……」

我發出愚蠢的叫聲，瞪視著奏音。

而她僅是——咧嘴笑著。

皇喜歡的食物是火腿，培根她無法接受。她也說愛吃生火腿，似乎是水嫩的口感和難以言喻的鹹味令她著迷。她討厭的食物是茄子，雖然加熱後勉強吃得下，不過醃漬品沒辦法。另外還有南瓜。聽說她很怕傑克南瓜燈。

皇有個讀國三的弟弟，兩人相差三歲。弟弟正值叛逆期，個頭不斷成長，據說早已比姊姊要來得高。近來皇總是在哀嘆身為姊姊的威嚴蕩然無存。

國中時的管樂社是皇接觸低音管的契機。其實她原本想吹單簧管，可是人數太多便作罷。如今她對低音管也產生了感情。順帶一提，她弟弟也隸屬於管樂社，負責的樂器是小號。

皇拿手的科目是現代文，不擅長數學。儘管喜歡體育，可是運動神經不怎麼樣。繪畫才能毀滅性地差勁。據本人表示，她的腦袋排斥數字和美術。她未來的目標放在國公立大學的文組。她的成績不錯，但腦子偶爾會轉不太過來。雖然很會照顧人，不過當事人卻飄飄然的，不太可靠。

不知不覺間，我變得非常了解皇。這也難怪，畢竟我們倆有那麼多交談的時間。我認為我們並不相像，卻很合得來。我後知後覺地發現，直到暑假為止的那幾個月，我和她所度過的時光有多麼濃密。

今年夏天因為要上補習班的關係，沒什麼放假的感覺，可是季節確實染上了夏日的顏色，連日來都有縱長的積雨雲矗立在藍天中。吵嚷的蟬鳴聲不絕於耳，柏油路上浮現著蜃景，走在外頭身上便汗如雨下。即使我們像是為了逃避典型的夏天而努力用功，另一方面卻也意圖享受這個鮮明強烈的季節。於是，明明是考生的我們，三不五時在討論出遊計畫。

「我們去看煙火吧。」

老樣子，依然是由皇提議。

「這次我們一定要三個人一起去。」

皇狠瞪著藤二，而他只有從翻閱的單字本當中抬起了視線。

「哪裡的煙火？」

「隅田川！」

「那不是東京嗎？別鬧了。」

「開玩笑的啦，找近一點的地方就好。你想去哪裡？」

「附近的公園。我們來放手持煙火吧，像是線香煙火。」

藤二懶洋洋地說道。

「要去哪兒我都行。我會把藤二從家裡拖出來。」

聽我這麼說，皇便露出奸笑。

「喔，好耶，神谷同學，交給你了。」

「阿宏，你不曉得我家在哪裡吧？」

「前陣子我問過皇同學，所以大致知道了。」

「這是洩漏個資。」

藤二發出無力的抗議聲，皇便皺起眉頭說：

「噯，你們怎麼會開始用名字互相稱呼啊？」

阿宏、藤二，在我們之間交錯紛飛的專有名詞，不知何時已不再是姓氏。

「之前就這樣了吧。」

藤二翻著單字本，態度馬虎地說道。

「不對啦，是最近開始的。」

「天曉得，我不記得了。」

「神谷同學！」

皇把脖子轉向我這邊。

「呃……是藤二先這麼稱呼的，我只是在配合他。」

「才沒有咧。」

「你有。你就是這麼叫了。」

「是這樣嗎？」

雖然藤二歪頭表示不解，但他八成記得清清楚楚，只不過是在掩飾害羞罷了。最近我愈來愈了解他這種地方。

「咦！只有男生這樣，感覺好詐喔。」

皇一副欣羨不已的模樣嘟著嘴。

「嗳，我也可以用名字叫你嗎？」

「妳已經這麼叫了不是嗎？」

「不是你啦，我是說神谷同學。」

皇直直凝視著我。

被她渾圓偌大的雙眼盯著看，令我心神不寧。感覺好像理應看不見的事物，都被她看透了一樣。皇的眼睛很美。和她說話的時候，我不太能夠直視她的眼眸。

「……是無所謂啦。」

我游移著視線喃喃回答，於是皇便高舉雙手，直呼萬歲。

「那你也可以用名字稱呼我喔，就叫奏音。」

——好嗎，阿宏？

聽她初次呼喚我的名字，我的心臟確實小小地跳動了一下。

進入暑假後，除了在自習室之外，我們在咖啡廳念書的情形也變多了。我們決定在藤二要打工的日子，到他的工作地點去讀書。這是皇的提議，兼具騷擾和施壓的目的。

暑假的咖啡廳內，四處零星可見學生的蹤影，不曉得是來做作業，還是和我們一樣用功準備應考，又或是單純打發時間。冷氣夠強的室內相當涼爽，空氣卻凝重又鬱悶，氣氛跟自習室很像，唯有聲音不同。店裡播放的爵士樂、茶杯或玻璃杯碰到桌面的敲擊聲、人們談話的聲音，以及工作人員偶爾會喊出的「歡迎光臨」。我下意識地聽著附近座位的國中女生對話，不時猛然回神再把目光轉回參考書的頁面上，這才發現我從十分鐘前開始就毫無進展。

我抬起臉，便在櫃台見到藤二的身影。

剪了頭髮的藤二，工作起來要比從前更有模有樣，依舊只有動作敏捷俐落。他出乎意料地融入了打工地點，和其他同事正常地交談，無論對方的年齡或性別都不改自身態度，就某種意義來說很了不起。

「藤二的溝通能力還挺強的呢。」

皇略顯無趣地說。的確，藤二看起來社交能力低落，因此像那樣平淡無奇地構築起人際關係，會讓人突破佩服的境界，感到有點沒意思。

「縱使有尊卑關係，藤二也不會改變態度，所以他似乎會立即和不介意這點的群體混熟。社團活動八成沒辦法，不過打工或許恰恰好吧？」

「真希望他在學校裡也能發揮這種溝通能力。」

在教室裡的藤二——也許是要扮演皇的「老虎」，才會刻意擺出帶刺的態度——基本上強烈散發出「別和我說話」的氣息，不讓人靠近。頂多只有皇和我會向他搭話。

「一旦知道藤二工作時的模樣，就會覺得他在學校裡沒什麼朋友很奇妙。」

皇沒規矩地叼著吸管上下甩動，同時低聲喃喃說道。我們的視線前方是藤二和女同事交談的身影。雖然看也看不膩，但因此在咖啡廳自習並沒有什麼效率，自是不言而喻。

「皇同學，妳的溝通能力也很強，交際圈卻不太廣呢。」

「奏音。」

她略帶怒意地糾正我。對喔，要用名字稱呼她才是。

「……奏音，妳的溝通能力也很強，交際圈卻不太廣呢。」

「很好。」

奏音把吸管放回杯子，再以雙手支撐著下頷，嘟起嘴唇。

「我的溝通能力才不好呢。我只有在你們倆面前會展露這種個性。」

「藤二不也一樣嗎？」

「可是他在打工地點有確實建立起人際關係。」

奏音一臉氣鼓鼓的模樣，真是罕見。

「妳是不是挺不服輸的？」

「我對藤二沒有競爭心態啦。」

「啊，是喔。」

那不然是怎樣？我搞不太懂奏音不開心的理由。

「該怎麼說，總覺得我看藤二的目光還挺高高在上的，但或許其實他才遠比我高竿許多。類似這種感覺。」

「自卑感？」

「可能吧。」

「一般來講，女生會對女生抱持自卑感不是嗎？」

「我不會那樣。我不太擅長跟女生相處，和男生比較聊得來。」

我想，說不定這是因為她有兄弟的關係。還有……曾被女生欺負鐵定也有影響。

「阿宏，你不會有自卑情結嗎？比方像是對藤二之類的。」

「……不會耶。雖然打架我八成贏不過他就是了。」

「對我呢？」

「對妳？」

我直愣愣地看著奏音，而她也望向我，於是我倆四目相交了。我不自覺地瞬間別開目光，奏音便說：「啊，你逃避了。感覺有什麼內情呢。」

「不對、不對，不是那樣。」

若非如此，那是怎樣？

「你害羞了嗎？」

「啊？」

「被奏音妹妹盯著瞧，讓你害羞了嗎？」

我憑著不知是固執還是什麼的情緒挪回視線。奏音仍看著我，並露出有些惡作劇般的微笑。

「阿宏，你知道嗎？你幾乎不會看我的眼睛呢。」

「……是這樣嗎？」

「對。先前怎麼樣我忘了，但最近你馬上就會別開眼神。」

「……那是因為妳的眼睛很大，被盯著瞧感覺會渾身不對勁。」

我自認相當老實地回覆，心情上卻覺得好像隱瞞了什麼事。

「嗯哼，那還真是不好意思。」

奏音乖乖地退讓後，嚷著「念書念書」回到了單字本上頭。我原本也想繼續讀參考書，不過感受到視線回頭一望，便發現藤二在看我們這邊，於是我倆對上了眼。藤二隨即撇過頭，回到櫃台裡面。假如他看到我和奏音剛才的互動，會令我有點尷尬。

近來甫一回神，我便發現自己都在思考奏音的事。

我會回憶起和她之間的交談，開始進行神祕的自我評分，像是「那邊應該這樣回比較好」，或是「那邊或許再問得深入一點比較妥當」之類的。與藤二的對話不會發生這種事，只有和奏音會這樣。跟她聊了很久的日子，評分也會很花時間。我是採扣分方式評鑑，大多情況是大量扣分，導致我自個兒消沉沮喪。

雖然我以分數的形式蒙混，不過那顯然蘊含了某種情感。我對此事有所自覺。只要分數夠好，我就會感到開心。至於要說為何會開心——就是那麼一回事。沒錯，換言之就是「那麼一回事」。然而，我卻一直不斷掩飾著這點。

我很清楚一旦承認就會變得痛苦，也肯定無法維持三人行了。我當作自己比較討厭那樣子而不願承認，可是那份心情日益增大，我有預感總有一天會按捺不住。屆時，我究竟會怎麼做？即使不惜放棄三人小組，我也會承認這份情感嗎？

約好看煙火的日子愈來愈近。鄰近地區舉辦了頗具規模的煙火大會，我們將搭電車出門。藤二仍在嚷嚷著不想去。儘管我認為他這次一定會來，但也怕有個萬一。

我想事先叮嚀他，因此在煙火大會前一天把藤二找出來。我們人正在自習室，於是我輕拍他的肩膀，指向外頭。藤二的考古題才寫到一半，所以露骨地擺出嫌麻煩的表情，不過還是慢吞吞地站起來，跟在我後頭向外走。

「我有在算時間耶。」

一到外面，藤二就出言抱怨。

「我解題時會確實計時。」

「抱歉。」

我老實地道歉。補習班的講師也有交代，寫歷屆試題的時候要計算時間。我們不僅要掌握出題方向，也有必要事先體認一下正式考試時的時間分配。

「我是想提醒你明天的事。」

「居然是這種事喔？我要回去了。」

「等等、等等、等等。你有前科，所以我有叮嚀你的權利。」

畢竟到最後，我們從未三個人一塊兒出去玩過。彌補用的籃球另當別論。一想到奏音總是開口邀約的心情，這次我無論如何都得讓藤二同行。「我會把他拖出來」這句話，倒也不見得是說笑而已。

「首先，明天是什麼日子？」

「海之日？」

「那已經過了啦，不要耍笨。」

「……煙火大會。」

藤二氣鼓鼓地答道。很好很好，看來他果然記得。

「你明天應該沒有排班打工吧？」

「因為是星期六啊。」

「也不能去支援喔。」

「沒有啦。」

「除了打工之外，其他事情也統統不准喔。」

「你很煩耶，就說沒有啦。」

藤二嗤之以鼻。儘管如此，依然大意不得。這是因為，就算沒有事情要辦，這小子也有可能會看心情不來。

我們離開補習班，沿著近在眼前的鐵軌，稍微往車站的反方向走去。澄澈的美麗藍天，今天也有白色的積雨雲高聳入天。藤二嘟噥著討厭夏天，但不管是什麼季節，這小子都會抱怨吧。我們躲進行道樹的陰影底下。蟬鳴大合唱代替日光灑落，於是藤二一臉嫌吵似地仰望樹木。

「你愈來愈像奏音了。」

藤二冷不防說道。

「之前你也這麼講過。」

「比先前更像了。」

「因為某人的關係，害得我們時常兩人待在一塊兒啊。」

倘若藤二明天也沒出現，我們又要獨處了。可是，那樣子很不妙，非常糟糕。我之所以會拚老命地把藤二拉出門，當然也是為了奏音，不過有一半是為了自己。目前我不想和奏音單獨相處。

「你們很合得來嗎？」

藤二如此問道。

「和奏音？是啊。」

「她還挺無厘頭的吧。」

「偶爾啦。」

「我們三個人在一起的時候，她的個性是不是不太一樣？」

「是嗎？我不太清楚耶。」

「別看奏音那樣，她其實挺害羞的，尤其是和男生獨處的時候。」

是這樣嗎？我覺得她不怎麼當一回事啊。

「藤二，你和奏音單獨出門過嗎？」

「嗯……可能有吧。」

「那時候的她給人怎麼樣的感覺？」

「什麼怎麼樣……我覺得和你的情形並沒有兩樣。」

藤二掛著「這傢伙在講什麼」的神色望向我。我到底是在問什麼呢？

「你絲毫不以為意嗎？」

「針對什麼？」

「那個……和奏音單獨在一起。」

「你是想說我有沒有把她視為異性看待嗎？沒有喔。」

藤二不但把我欲言又止的事情給輕易說出口，還斬釘截鐵地否定了。

「完全沒有？」

藤二默不作聲地點頭。

「為什麼？」

我忍不住問。

「這還需要理由喔？」

藤二苦笑著說。

「是說，你在期待些什麼啊？」

「該說期待嗎……你們打從一年級就同班，也往來很久了，而且感覺沒有其他像樣的朋友。所以我想說，你們會不會有超越友情的感情……」

話是我自己說出口的，卻連我也覺得莫名其妙。我問這些事情是想幹嘛？藤二說得沒錯，我到底抱持著何種期待？

「沒有啦，就連是否有友情都很讓人懷疑。」

「不，應該有吧。」

最起碼奏音應該有，不然，沒有被人瘋狂放鴿子還繼續邀約的道理。

「我和奏音也不像朋友。就我看來，她給我的感覺比較像妹妹。」妹妹。

還真是個微妙的比喻。就某種意義而言，這比友情還要深厚不是嗎？廣義來看，這是家人的意思。藤二是把奏音當成家人嗎？

「那你又是如何？」

「咦？」

他忽然拋了個問題，令我倉皇失措。

「對你來說，奏音是什麼樣的定位？」

藤二很罕見地看著我的雙眼問道。他不太會注視著別人的眼睛說話。那雙眼睛和奏音截然不同，細長又銳利，還向上吊起。

「奏音她……是我的朋友。」

藤二像是看透了什麼，瞇細雙眼望著如此回答的我好一陣子。

*

舉辦煙火大會的日子是個晴天。近來好天氣接連不斷，不過據說晚上會有雨雲從西邊飄來，搞不好放完煙火後會下雨。我身穿短袖上衣和五分工作褲這樣的輕便打扮，姑且帶了把折疊傘才從家裡出發。

我們約好傍晚在車站前碰面。我有點擔心藤二不會來，不過他的身影已經出現在會面地點，讓我鬆了口氣。藤二的裝扮也和我差不多輕便，雙手插在口袋裡，一副昏昏欲睡的樣子打呵欠。目前還沒有看到奏音的人影。

「你確實出現了呢。」

我開口說道，藤二便難得地露出奸笑。

「還不是因為某人糾纏不休啊。」

「我糾纏得也有價值了。」

「總之，偶爾出來赴約也好啦。」

「你可以每約必到啊。」

藤二搖了搖頭，而後轉頭望向車站那邊，像是在尋找奏音的樣子。

「她會穿浴衣嗎？」

「啊，對喔，她有可能那樣穿嗎？」

我的語氣中忍不住摻雜了一些期待。

「天曉得。那很麻煩，搞不好她會很平常地穿便服來。」

「你看過嗎？」

「奏音穿浴衣？沒有喔。前兩年我都沒去看煙火。」

藤二驟然瞇起眼睛，稍稍舉起手。

「是奏音。我猜對了呢。」

我往藤二所指的方向看去，心跳重重漏了一拍。

那確實是奏音無誤，可是氛圍截然不同。她身穿紫藤花紋浴衣配上藍紫色腰帶，長長的秀髮紮起來，纖細的頸項一覽無遺。平時不施脂粉的臉蛋，今天變得有些豔麗，感覺很成熟。或許因為我平常總是見到奏音稚氣未脫的一面，如今她看起來判若兩人。

「如何？」

來到我們身旁的奏音，洋洋得意地挺起胸膛。

「遲到的人還跩什麼跩啊？」

藤二輕輕戳了她的頭。奏音笑著道歉，之後轉向我這邊。

「如何？」

她問了第二次。

我今天真的完全無法看向她的雙眼，不禁脫口說出「算是人靠衣裝馬靠鞍吧」這種過分的評語。

「別害臊、別害臊。」

奏音似乎看穿了，只見她笑著帶過。感覺她的笑容也有別於平時，我果然還是沒辦法正視奏音的臉龐。

「抱歉喔，我遲到了。我們走吧。」

我們要搭半小時左右的電車到目的地那一站。電車裡四處可見做浴衣打扮的女生，而我坐在車上時，不自覺地就寡言起來。當藤二和奏音在聊天時，我也只是敷衍地答腔。明明我們經常三人在一塊兒，之所以會異於平常，是由於奏音身穿浴衣的關係嗎？可是她本身一如往常，所以不一樣的人是我嗎？我無論如何都沒有辦法看向她，可是又很想看，於是不禁偷瞄。像是她綁著腰帶的胸部那一帶、從袖口隱約可見的纖細手臂、每當微笑便會浮現的小酒窩，以及平日被頭髮擋住的白皙後頸十分耀眼。

我曾有許多次覺得奏音很可愛，不過——儘管很沒禮貌——從未認為她漂亮。脂粉未施又老是放下頭髮的奏音，便服也不講究。很適合單純裝扮的她，鮮少精心妝點自己。正因如此，打扮得漂漂亮亮的奏音坦白說美極了，令我心頭小鹿亂撞。

「你幹嘛從剛剛開始就一聲不吭啊？」

藤二戳戳我。

「咦？沒有……我想說難得你在，就讓你聊吧。」

我隨口胡謅。感覺我好像從剛才起，就一直在胡說八道。

「光靠我，場面哪撐得下去啦，你給我說話。」

「奇怪，藤二，你不擅長和我說話嗎？我還是初次耳聞耶。」

奏音感到逗趣似地笑了。

「反正我就是不擅於跟任何人講話啦。」

「話是這麼說，但你明明在打工地點就很平常地跟人交談。」

奏音鼓起了臉頰。

「不過，謝謝你喔，阿宏。藤二今天會來，都是託了你的福。」

奏音把臉轉向我這邊，於是我目光游移著。

「不，我並沒有特別做什麼……」

「明明就有。你不是那般喋喋不休地叮嚀我嗎？」

「我想說根本是馬耳東風吧。」

「就算是馬，被人這樣死纏爛打地吹著風，也是會覺得刺耳啊。」

「是這樣嗎？那今後我也要纏著你死命吹風。」

當我說著笑話時，才好不容易能夠稍微正常地開口。

我心想，有藤二在真是太好了。要是我在這種情形下和奏音兩人獨處，搞不好我會慌張失措到那個有點遲鈍的當事人都感覺得出來，導致一句話都無法好好說。今天的我當真怪怪的。區區浴衣就讓我動搖成這樣，抵抗力也太差了吧。

我們在煙火大會那一站下了電車，便有為數眾多的人群和我們一起走出月台。也許是想到即將到來的人山人海而感到厭煩，藤二毫不保留地露出一臉不悅又想回去的表情。於是我推著他的背，奏音則自然而然地從後方跟上來。這麼說來，我們三人走在路上的時候，經常會變成這樣的排列。

橘紅色的天空由邊邊一點一滴地染上暮色，夜晚即將到來。我好久沒看煙火了。假如不是和奏音及藤二在一起，照理說今年夏天我會為了準備考試而足不出戶，可是，如今我卻像這樣走在人潮裡。過去奏音曾說，這是最後的青春。我們的青春被定下了一個期限。高中最後的暑假，令人有點惆悵。我很意外自己居然會有這樣的感傷。

這是一座面海的城鎮，煙火將要從那兒發射。鎮上呈階梯狀，標高愈遠離海洋愈是提升，後面則是山脈。如果要看煙火，去海邊或爬上山都行，考量到奏音的雙腳，儘管可能會很擁擠，但應該選擇海邊吧——當我如是想的時候，有人拉扯我的T恤下襬。

回頭一看，發現是奏音。

「抱歉，你走得有點太快了。」

見到奏音按著浴衣下襬，使我猛然一驚。

「喔……對不起。」

我忘記奏音那樣不好走路了，於是刻意放緩步調。被她揪住的T恤觸感格外鮮明，因此我拚命轉動腦袋，避免注意力被帶到那兒去。

「人還挺多的呢。」

奏音起了個話頭，我鬆一口氣，立即跟上話題。

「我原以為活動規模沒那麼大，不過還是有人來耶。」

「對吧？我們要在哪裡看才好呢？」

「要去海邊嗎？」

「嗯……感覺會很多人耶。」

「可是上山妳會很辛苦吧？畢竟那樣很難走。」

「考慮到回程，我不太想跑到遠處呢。」

本來想詢問藤二的意見，結果發現他獨自一人快步走在前頭。真是個不機靈的傢伙──我佯裝對自身情況渾然未覺，開口呼喚藤二。他停下腳步，一臉無趣地等我們追上去。

「藤二，你覺得哪邊好？」

「啊？」

「要去海邊，還是稍微爬到山上？」

「山上吧，海邊會很擁擠喔。」

「但是奏音走路很辛苦耶。」

藤二瞄了奏音一眼。

「喔，浴衣是吧……那去海邊好了。」

奏音略顯過意不去地揮了揮手。

「用不著那麼顧慮我啦。只要步伐不快，我就跟得上。」

「如果妳要講這種話，一開始就穿便服來啦。別說了，選輕鬆的那邊。」

儘管語氣一如往常地粗魯，但就藤二而言是罕見的溫柔。奏音霎時杏眼圓睜，而後頷首同意。就此決定到海邊的我們，再次邁出步伐。

「對了。」

「嗯?」奏音說。

「妳要抓到什麼時候啊?」

我是在說T恤。奏音猛然放開手。

「啊,抱歉,衣服可能鬆掉了。」

「不,沒關係啦。」

好像希望她再多抓一會兒,又似乎覺得她放開手讓我鬆一口氣——我裝作沒有注意到這股複雜的情緒。有人在我腦中喃喃說,就算那麼做也來不及了,但我沒聽見、沒聽見。

當我們朝海邊的方向走去時,天色完全暗了下來,人潮也愈來愈擁擠,我和身邊的人撞到肩膀。我拚老命追趕著藤二的背影,並不時確認奏音有沒有從後方跟上。我幹嘛要走在正中間呢?早知道走最前面就好了——我事到如今才感到後悔。

「阿宏。」

後頭傳來奏音略顯遙遠的呼喚。

「等一下,阿宏。」

我猛然回頭，發現別人擠進我倆之間，使奏音差點走散。奏音伸出的手，像是要被人群吞沒似地，即將消失無蹤。

我倏地把手伸出去。

可能因為是反射動作，並沒有猶豫不決。

我們的手交疊在一塊兒，自然而然地牽起來。

奏音的手很小且有點冰涼，可是確實帶有她的溫度，令我幾近瘋狂。我拉著奏音的手，稍微強硬地讓她來到自己身邊。

「抱歉，謝謝你。」

我無法正視她微笑的臉龐，於是把臉撇向前方，而後直接邁開腳步。

我牽著奏音的手走了出去。

當然，這並非錯失了放開手的機會。

「阿宏？」

奏音感到不知所措的氣息傳過來，不過我們依然牽著手繼續走。縱使走在前方的藤二回過頭來，鐵定也不會注意到我倆的手緊緊相繫吧。儘管如此，我的心臟仍劇烈跳動，每一根血管內所流的血都躁動不已，令我呼吸困難。

已經束手無策了。
毫無蒙混的餘地。
我喜歡奏音。我喜歡上了皇奏音。
我稍微用力，緊握住她的小手。
那份觸感好似猶疑，又像困惑。
我沒有辦法回頭。
臉頰好燙。
直到放開手為止，我都無法回過頭去。
奏音臉上露出了什麼樣的表情呢？
會是困窘嗎？
會是害羞嗎？
還是在笑呢？
不論她掛著何種神情，我都沒有辦法直視。
我甚至以為，自己無法再次直直望向她的臉龐。
不久後，潮水的氣味撲鼻而來，第一顆煙火升上天空——

身為高中生的我，是個不知戀愛為何物的人。

我知道這個詞彙，也理解它的意思，並清楚它是體驗後才會有所領悟的現象。沒錯，我知曉「戀愛」卻不了解它。我不是在哀嘆自己沒有辦法談戀愛，只是茫茫然地心想，對於人際關係淡薄的我來說，這輩子鐵定和它無緣吧。

然而，在櫻花飛舞飄落的四月，我遇見了妳。

這會是一件幸福的事嗎？

我愈是想她，胸口便愈是苦悶，像是被緊緊揪住。然而見到她就會開心雀躍，自然湧現出笑容。無論有沒有看到她，我都滿腦子思索、掛念著她。這儼然是一種病。名為戀愛的病症。

我心想，若是這份心意能獲得回報，將有多麼幸福，但同時也害怕採取行動。這是因為，在得到某種非同小可的事物時，我必須放棄至今擁有的東西。

儘管如此，我仍然無法不期盼自己被她喜歡上，進而從她的角度幫自己評分。在此只有一個極度任性妄為且自我中心的欲望，絲毫沒有顧慮到對方的感受。可是，我卻忍不住盼望得知她的心意。現在的她，腦中在想什麼？心中有何情感？又是怎麼看待我這個人的呢？

身為高中生的我，變成知道戀愛為何物的人了。

我明白到，原來戀愛是如此棘手的情感。

一旦知曉就無法回頭，往後我肯定不會想屢次體會這種心情吧。

海邊既已人滿為患，於是我們靠近沿岸步道旁，抬頭仰望天空。陸續發射的煙火在空中綻放出五顏六色的火焰花朵，之後絢爛奪目地落入海中。開始施放煙火後，我們便不再交談，而是各自發出讚嘆聲，入迷地看著天空。我和奏音的手已經放開了。我刻意選藤二右側站，奏音則站在他左側。人在中間的藤二靜靜地看著煙火。奏音的聲音不時傳來，而我則是發出歡呼聲，藉以掩蓋過去。

大約兩千發的煙火放完後，我的腦袋稍微清晰了點。剛才我那麼做，只是為了讓奏音方便走路罷了，並沒有不良居心。實際上的確人滿為患，而奏音穿著浴衣也很難走動。我覺得替她做這點事，還算是勉強維持在朋友的範疇裡。感覺只要別刻意重提，就會變成那麼一回事。

——只不過，那時我所承認的心情，並不會因此煙消雲散。

我們逆著打道回府的人潮，在放完煙火後的海邊稍微走了一陣子。沿岸有擺攤的店家，我們便逛了好一會兒。渴了就買彈珠汽水，餓了就買章魚燒。

來到沙灘的角落，我們見到岸邊擺放著消波塊。每當夜晚的海洋高高打起浪過來，它便使波濤碎散，令其揚起白色水花。這附近人煙罕至，於是我們坐在防波堤上，一面眺望著鑽過消波塊縫隙的浪花，一面把章魚燒送入口中。我們為帶了點寒意的海風顫抖，同時從嘴裡呼著熱氣。

「哎呀，還挺不錯的呢。」

奏音滿足地說道。

「今天不但藤二在，還吃到章魚燒了，是個感覺不賴的暑假。」

「其實現在根本不是玩耍的時候就是了。」

儘管藤二直言不諱，他的側臉卻似乎要比平時柔和。剪短的頭髮，被夜風吹得搖曳不止。

「若是沒辦法三個人齊聚出遊，我就無法認真念書準備應考嘛。這下子總算能拿出真本事。」

沒能和藤二一同出門，一直是奏音心中的一個遺憾吧。藤二似乎對此也有自覺，這次並未出言攪和，只是默默地動嘴咀嚼。

「阿宏，你從剛剛就很安靜耶，不要緊嗎？」

聽見奏音的關心，發愣的我露出苦笑，搖了搖頭。

「我好像有點累了。」

「畢竟那麼多人嘛。」

「不過幸好能來這一趟。煙火施放的地點要比我想像中還近許多，嚇了我一跳。」

「脖子很痠對吧。」

能夠和奏音正常交談，讓我鬆一口氣。明天起我們又會在自習室或補習班的課程中碰面，不要有什麼一反常態的尷尬狀況比較好。

我隱隱約約明白到，我們彼此都想將那件事當成沒發生過，而我也覺得這樣就好。縱然無法連心意都抹煞掉，不過還能懸崖勒馬。儘管八成會備受煎熬，我也甘之如飴。這樣就好，至少我不用摧毀任何事物。

之後我們懶懶散散地打發了一段時間，在電車應該稍微比較不擠的時候才踏上歸途。

明月高掛在半空中。今晚是滿月，可惜雲朵頗多，只看得見半顆月亮。氣象預報感覺會準的樣子。

「搞不好會下雨，我們趕快回去吧。」

奏音說。

「我有帶傘喔。」

「阿宏，你準備得真周到呢。」

「因為我有看氣象預報。」

「如果下起雨，你願意讓我進去避一避嗎？」

奏音應當是掛心浴衣才會這麼說，可是聽她那麼說，我的腦袋差點往奇妙的方向發展出妄想。

「這把傘很小，沒辦法撐兩個人，就借給妳吧。」

「咦？可是那樣你會淋濕耶。」

「我身上穿的衣服濕掉也無妨。再說，前提是真的有下雨的話啦。我們趕緊回去，也許還來得及。」

我們留意著身穿浴衣的奏音，以不過快的腳步走在通往車站的路上，連忙趕回去。帶頭的人是我，奏音跟在後面，藤二殿後。偏偏就是在這種時候會一直遇上紅燈，我焦急地反覆端詳著天空和交通號誌。

到車站之前，幸好都沒下雨。回程的電車相當安靜，坐在我隔壁的奏音正在打盹，藤二則是一臉茫然地凝望前方，搞不清楚是醒著還睡著了。我盡力不讓自己意識到奏音的溫度，同時數著剩下幾站。還有五站……剩四站了。三……二……

回到我們會面的車站時，月亮已完全被雲層掩蓋住。夜晚的空氣有雨水的氣味，感覺差不多要下雨了，可是說不定能夠勉強撐到我們各自回到家的時候。藤二要稍走一段路到其他車站去轉車，而我和奏音已到離家最近的車站，因此要走回去。我們兩個到半途都會走同一條路，所以之後會有點尷尬，不過如果是現在，還可以推說沉默是疲憊所導致的吧。

——明明事情有機會風平浪靜地劃下句點，但……

藤二出其不意地喊了句：「喂，阿宏。」

這聲來得極其唐突。

毫無任何鋪陳、脈絡或伏筆，藤二忽然就這麼說：

「你喜歡奏音對吧？」

我和奏音都停下腳步。藤二雙手插在口袋裡，一臉對夏天的慵懶熱帶夜煩躁不已的表情，感覺壓根兒不是要談論戀愛情事的氛圍，可是，他卻直直望向我的雙眼，重複一次。

「你喜歡奏音對吧？」

我的腦袋迸發出火花，不曉得該如何回應才好。想回答「沒錯！」和「不對！」的兩個自己，正在腦中浴血奮戰。兩柄長劍彼此碰撞，火星四濺。

似乎當作我默認的藤二，轉向奏音開口：

「太好了耶，奏音。阿宏說他喜歡妳。」

奏音並未回頭望向我，因此我不知道她現在臉上掛著什麼樣的神情。從我的角度看去，唯有她白皙的後頸格外清晰可見。我看見冰冷的雨水，滴滴答答地落在她的頸項上。

下雨了。

我猛然回神，氣急敗壞地說：

「喂，你別自說自話。」

「難道不是嗎？」

「不是啦！」

我的腦內戰爭似乎塵埃落定了。我打開雨傘塞到奏音手上，再狠瞪著藤二。

「你別自作主張啦。這種事不能憑臆測來說吧。」

「臆測？我覺得是事實啊。」

藤二的表情很認真，而我感到憤慨。

「這是哪門子事實啦？你有根據嗎？」

「你們兩個牽手了吧。」

我的心臟猛烈一跳。

感覺奏音的肩膀也稍稍顫抖一下。

被他看到了？他有注意到？那時藤二並未回過頭來，我還以為沒被他瞧見。他是何時察覺的？

「……那是……」

「我並不是在逗你。這是好事。我只是想從你口中親耳聽到罷了。」

的確，他的表情不像是在調侃我。只不過，這令我沒來由地一肚子火。為什麼淨是在這種時候，他會露出這種正經到可怕的模樣？

「那不是喜歡，只是因為奏音看起來不好走罷了。」

「假如只是扶她一下子，或許是那樣沒錯。可是一直牽著手走路，已經超越朋友的範疇了。」

「這並非由你來決定的事情。」

「是啊，那就由你來決定吧。」

「這不是決不決定的問題！」

在我的語氣變得更加激動時，一道喊著「別吵了！」的尖叫聲介入。

是奏音。她的神情掩蓋在我遞過去的雨傘底下，未能得見。唯一確切無疑的是她語帶顫抖這件事。

「難得我們玩得那麼開心，你們別這樣。」

聽聞奏音細若蚊蚋的嗓音，藤二似乎也猛然回神。

「……抱歉。」

藤二會乖乖道歉真是件稀奇的事。我也小小聲地開口賠罪。這時雨勢變強，我和藤二淋成了落湯雞。

「回家吧？你們兩個都會感冒的。」

語畢，奏音稍稍舉高雨傘遞向我這邊。此時我嚇了一跳。

她哭了。

奏音以手遮掩紅紅的鼻頭，即使如此，依然無法完全掩藏起淚水及哭紅的雙眼。這些狀況強烈述說著她受到傷害了。

會是誰呢？

是我或藤二其中一人傷到她了吧。

是我嗎？

抑或是藤二呢？

……兩者皆是吧。

「我要回去了。」

藤二說完便匆匆離開現場，在最後的最後，留下我和奏音兩人獨處。然而，如今是尷尬到極點的狀況。

「我也……」

「阿宏。」

奏音以微弱的嗓音叫住我，我便像是觸電似地全身麻痺、動彈不得。

「我們一起回去吧。不好意思借用你的傘。」

感覺在這裡甩開她，會讓她更受傷。身為一個男人，我也覺得不能在這種時間讓身穿浴衣的她獨自回家。

我從奏音手中接過傘。

「……我來撐吧。」

「嗯。」

奏音的頭低低的，並未抬起來。

「那個……奏音。」

「嗯？」

「……不，沒什麼。」

「嗯。」

哪可能沒什麼？我該對她說的話有「謝謝妳」和「對不起」，可是兩者都不適合目前的氣氛。

發生那種事之後，我究竟該說什麼才好？應該怎麼講，才能奇蹟般地顛覆此種絕望的狀況？

我強烈地感受到身旁她的存在，同時竭盡全力尋找應當對她述說的話語，可是到最後都遍尋不著。

現在4

「要怎麼做妳才會心滿意足啊？」

我發出疲憊的聲音。奏音邊摩擦著頭髮把玩邊說：

「我想去看煙火。」

「妳以前看過了吧。就在那個夏天……」

高中三年級的夏天。對於那一天我有苦澀的回憶。因為會回想起來，所以我不太喜歡煙火。

「對於不在人世的我而言，根本搞不清楚那是多久以前的事情呀。」

「只要看了煙火妳就會滿意嗎？」

「可能喔。」

奏音露出惡作劇般的微笑，而我嘆了口氣。

「……煙火是嗎？」

這個時期到處都有，並非特別困難的要求。

「阿宏……」

話說到一半，奏音便噤口不語。

「不，沒事。」

我感覺自己隱約明白她想講什麼，還有她欲言又止的理由。

自從出現在我面前，她展現過數次這樣的舉止。她鐵定心知肚明，不過或許是在顧慮我而絕口不提。我認為她回到人世的理由，八成就是那個。可是，目前勇氣或覺悟仍然不夠。當奏音憶起某些事情似地開口的瞬間，她便會僵住，就像畏懼著談論過去的事情。

她不太會提到從前的事，我基本上也不會談。照理說應該很懷念，我們卻未暢談往事。比起過去，我們聊著現在還有未來的話題。

「……我知道了，就去看煙火吧。」

我一說完，奏音便露出開朗的表情。

「真的？謝謝你。」

她其實不是為了看煙火回來的，電影也一樣。她並非為了這種事情特意回到人間。

如今的她在兜圈子。她有一個真正的目的，卻害怕接近它而在繞著遠路。

我八成選擇了受她的拐彎抹角利用。明知不可為，還是憑藉著自身意志如此選擇。

就在我追著一度離去的她那時。

我並非當真認為，只要看場電影就能了事。

既然我做出了選擇，就只有被利用到最後這條路。

如果只是希望她消失，那麼置之不理或許就行了。如同一開始她所說的那樣。

無論哪條路，結果鐵定都相同。反正她總有一天會消逝。畢竟人在這裡的她，是本應不存在的幽魂。

因此，這是消失方式的問題。我不願她消失的時候，像是再度死去一般。到頭來便是這麼一回事吧。我期盼的是她近似成佛的結局。但那不是為了她，而是我認為自己能藉此獲得最大的救贖。

從戲院回家前，我們再次繞到暢貨中心買衣服。這是為了調度奏音的日常服飾。多虧我有在打工的關係，存款挺有餘裕，因此我說服婉拒的奏音選了兩套。即使奏音滯留超過三天，加上先前買的就有三天份，只要拿去洗勉強還能替換著穿吧，不夠的話也可以借我的衣服給她。我還大量購買了一些生活用品，拖著沉甸甸的東西回家。倘若奏音逗留太久似乎會被房東抱怨，不過房東並不會那麼頻繁來看房子，大概暫時不要緊。感覺好像金屋藏嬌（而且對方年紀還比我小），給人的印象不太好，但反正我也沒有熟人住在這裡，因此無須理會。

「總覺得很不好意思，讓你費這麼多心。」

奏音過意不去地說道。

「事到如今妳在講什麼啊？」

我哼笑一聲。自從按響我家門鈴的那一刻起，她早就給我添麻煩了。

之後我研究了要去哪裡看煙火。在鄰近地區似乎也有頗具規模的煙火大會，不過奏音打從一開始就有屬意的地方了。

「那個呀……我想看隅田川的煙火。」

隅田川煙火大會──這個眾所皆知的活動，恐怕是日本最有名的煙火大會之一。這麼說來，奏音以前好像曾經提過？或許她其實一直都很想去也說不定。

「人超多的喔，不是我們高中時看的那場煙火大會能比的。」

「我明白，可是難得我人在東京嘛。」

奏音微笑道。

隅田川煙火大會舉辦的日期正好是在數天後。從這兒到隅田川，轉乘電車過去需要花一個多小時。去程沒什麼，問題在於回程吧。然而，這點程度的障礙，實在不足以令奏音打消念頭。

「那麼，如果沒下雨的話就去吧。」

我話中摻雜著嘆息。

「太好了。」

奏音嫣然一笑，稍稍做出勝利姿勢。

＊

我心知肚明，我倆一同度過的時間八成轉瞬即逝，就像是奇蹟一般。或許正因為如此，這段時光彷彿是彩色噴漆，替我灰色的日常生活噴上鮮豔的顏色。

有時我們兩個一起煮咖哩。奏音看似會做菜，卻沒有太多經驗。光是削個馬鈴薯皮就吃足苦頭，惹得多少慣於下廚的我不禁發笑。我們雞飛狗跳地煮出來的咖哩有點太辣，奏音淚眼汪汪地吃著，同時低聲喊著好吃。

有時我們兩個一起整理家裡。奏音喜孜孜地到處收拾我忙於獨居生活而散亂不已的房間。我知道奏音愛乾淨，但沒想到她的個性似乎比我想像中還神經質。打掃完後，只要我稍有弄亂，奏音的責罵聲立刻會飛也似地傳來。

有時我們兩個一起到附近的河岸散步。提議的人當然是奏音。散步對我而言根本無所謂，奏音卻挺開心地走在河岸上。這種時候的她，總是會以像是瞭望遠方般的目光看著我。

我倆就待在這個夏季的小房間裡。三坪大小的空間足以容納兩個人，不過一男一女在裡頭就有些狹窄了。我們會輪流換衣服、用盥洗室，連彼此坐著的距離都會顧慮。或許因為對象是我和奏音才會如此也說不定。總之她對我而言是個其實並不存在的已逝之人，目前我只是無可奈何地奉陪她的任性罷了。儘管如此，奏音仍是個不折不扣的女孩子，我並沒有嘴上說的那般對她那麼隨便。到最後，無論過去或現在，我都強烈地將她視為異性看待。

夏季來到高峰，這天也是個大熱天。

「洗好的衣物乾得很快呢。」

奏音滿心歡喜地抬頭望向窗外的天空。她依舊身穿T恤和牛仔褲這種輕便打扮，很有夏天的氣息。放在廚房旁的洗衣機，發出轟隆隆的聲音運轉著。我家的家電用品，多半都會產生噪音。

「你平時都曬在哪裡呢？」

洗衣機發出嗶嗶聲停了下來，於是奏音打開蓋子窺探裡頭，同時開口問我。

「窗戶外頭架著曬衣桿。」

「……不會太短嗎？這樣全都曬得下嗎？」

「那種東西隨便啦，只要能全部掛上去就行了。」

「不行啦，你得確實攤開來曬。」

在世的時候，她應該有確實在幫忙家務吧。只見奏音俐落地把洗好的衣物收進洗衣籃，腳步輕快地穿過室內，把窗戶整個打開來。

「我要曬了！」

「拜託妳了。」

「不行，你也要動手。」

「我要去洗碗盤。」

「那趁早上洗起來不就好了……」

叨叨絮絮的奏音開始曬衣服，我則是站在廚房裡。清洗著碗盤的我覷向窗外。奏音踮著腳尖，一件件把衣物掛在曬衣桿上。偶爾會傳出啪啪啪的聲音，似乎是她正把毛巾翻過來攤開。

在我把為數不多的餐具清洗完畢前，她已經迅速地曬好衣服。

「唔……桿子果然還是有點短呢。」

「都曬上去就好了吧。」

「感覺會乾得很慢。之後我再換個方向曬。」

「用不著這麼大費周章啦，放到晚上就會乾了。」

說著，我終於把剩下的碗盤統統收拾乾淨。

「嗳。」

奏音眺望著庭院開口。

「我們來拔草吧。」

「幹嘛要特地拔草……我不要。」

我從仍舊敞開的窗戶窺向庭院。外頭雜草叢生，感覺還有許多蟲子棲息。鬱鬱蔥蔥的夏季草叢對眼睛很好，但若要踏進去就另當別論了。

「不行啦，難得你有座庭院，得好好整理才行。」

奏音把手伸向腳邊的雜草，勤奮地開始拔了起來。

我在兩只玻璃杯中倒入冰塊和麥茶坐在窗邊，茫然凝望著她努力除草的背影。

她的體型依然很嬌小，一半以上都被長髮遮掩的背部微微滲出汗水。幽靈鐵定不會流汗的。

「你別光是看，來幫我呀。」

那道小巧的背影轉了過來。

「說真的，妳到底是來幹嘛的？」

見到她沾上泥巴的愚蠢面容，我忍不住如此脫口而出。

「不是看電影、看煙火就是拔草，妳是為了這些事情回來的嗎？」

奏音咧嘴一笑。那是她來到這兒之後經常浮現的表情。

「對呀，我就是為了拔草來到這裡的。」

怎麼可能？

不會有那種事。

我倆都心裡有數。

融化的冰塊，在杯中發出喀啷一聲。

「拔草可以消除壓力喔。把環境整理乾淨，人也會跟著神清氣爽。」

奏音悠哉地繼續動手，我則是瞪視著她的背後。

然而，無論我再怎麼瞪著她瞧，狀況也不會解決。我正被她牽著鼻子走。明知道會如此，我還是接受了奏音的存在。縱使毫無意義、不明就裡，我仍接納了她。

直到皇奏音面對她所閃躲的事物為止，我都會任由她擺布。

我嘆了口氣走進庭院，蹲在奏音身旁，將手伸向雜草。

「唉唷？唉唷唷？」

奏音露出奸笑窺探我的臉，於是我揮手驅趕她。

「要是我不幫妳，感覺日落西山妳都拔不完。」

「真是不老實耶。」

奏音仍未收起竊笑。

每當我動手拔草，身旁的奏音與我汗水淋漓的肌膚便會互相碰觸。她的手很冰涼，沒什麼溫度。略微有點肥皂味，是來自於洗衣精的香氣嗎？

幽靈鐵定不會曬衣服。

可是除了「幽靈」，我不曉得有什麼其他詞彙可以確切形容她。的確存在於此的她莫名虛幻，彷彿和夏天的惆悵極為相稱的蜻蛉。明明如此靠近，不知為何我卻感覺奏音的存在很淡薄。要當成奏音確實存活在此，她又有些虛無飄渺。起初見到她的時候，我全然沒有這種想法。和她共度的時間愈長，她的存在似乎就愈稀薄。搞不好這單單只是我的主觀臆測，但我隱隱約約覺得這便是事實。猶如玻璃杯中，融化於夏天暑氣的冰塊一般。

但我卻和那個理應與世長辭、或許有一天會消失的少女「同住在一塊兒」。我們又是下廚、又是洗衣、又是打掃，待在夏天的小房間裡，彷彿世上只剩下我們倆。展開獨居生活後，我變得比先前更少與人互動。已經有多久不曾像這樣與某人共享一段時光了呢？我不得不承認，此處確實存在一段有血有肉的交流，並有著心意相通的脈動。

我們一起用餐，在同一個屋簷下就寢，每次吐氣後就會吸入對方所吐出的空氣。僅僅如此，便令我無以復加地覺得，理應撒手人寰的皇奏音確切無疑地活在這裡。明明奏音會漸漸消逝，她存在於此一事，卻活生生地攤在我眼前。

感覺我被迫硬是要去面對自己不願正視的某些事物。

她只是天真無邪地待在這兒，塵封在我心底的某物，卻遭到強烈無比的撼動。

「不過還真熱耶，讓我中午想吃些冰涼的東西。」

當事人悠哉地說著，同時喝光了麥茶。冰塊發出喀啷一聲。

「……也是。」

「冰箱裡有些什麼來著？」

「有小黃瓜和火腿，來做中式涼麵吧。」

「有火腿！太好了！」

我沒有辦法直視她純真的笑容。

說真的，妳怎麼會回來呢，奏音？我只是不希望妳死去罷了，可從未期盼妳死而復生。

＊

煙火大會那天早上，鎮上下著雨。氣象預報說會是雨後陰天，我覺得會不會放晴很難講。

奏音一早便製作了大量的晴天娃娃。她把面紙揉成一團再蓋上另一張，之後用橡皮筋綁在脖子的地方。在窗簾滑軌上一字排開的晴天娃娃們，全都畫著令人感到毛骨悚然的笑臉。

「就算妳那麼做，天氣也不會改變啦。」

我已死心了，反倒是大雨繼續下我還比較輕鬆。即使是奏音，一旦煙火大會因下雨而中止，她也會放棄吧。只不過，明天是否會下雨就要再觀察了。隅田川煙火大會因雨順延會改至隔天舉辦，但倘若隔天的天氣依舊，就會正式取消。

「等著瞧吧，你將體會到我精心製作的晴天娃娃多麼有威力。」

奏音莫名信心滿滿地繼續做著娃娃。

到了中午時分，雨依然下個不停，而且雨勢變得有些強勁。我們兩個在家中昂首望著下雨的天空。不知何時，連屋簷的曬衣桿也掛上了晴天娃娃。整排笑臉統統朝向我們這邊，顯得更是駭人，感覺好像遭到監視一樣。

「把臉朝向外頭不會比較好嗎？」

「咦，是嗎？可是我想說看得見臉比較可愛。」

「這麼說來，妳沒有繪畫才能呢。」

「咦，什麼意思？」

「沒事。」

晴天娃娃的造型，整體來說非常拙劣，也有不少看似稍像詛咒人偶。

然而，或許是雨雲怕了那張驚悚的笑臉，隨著午後時光逐漸過去，雨勢也慢慢減緩下來。

我們傍晚從家裡出發，直直前往車站去搭電車。我用儲值卡，奏音則是買車票。天空還是陰陰的，不過四處都有黃昏時分的橘紅色探出頭，令人有種天色愈晚會愈晴朗的預感。我用手機查詢也沒收到煙火大會中止的消息。

我嘆著氣，把手機收進口袋裡。奏音靠著電車門望向窗外。薄暮時分的太陽緩緩沉入大樓之間，夜晚馬上就要到來。

「那天呀……我其實在考慮要不要別穿浴衣了。」

奏音忽地開口，嚇了我一跳。這八成是她第一次談起那陣子的事。

「為什麼？」

「因為氣象預報說會下雨。」

奏音笑的方式很奇妙。明明在笑，卻好似帶了點困擾，神情就像是以為吃下的是甜食卻是酸的。

「但是，我想說錯過這個機會，可能再也沒辦法穿了。而且那天藤二也說會到場嘛。」

我不發一語地聽著奏音說。她正望著我的臉龐。

「然後我就忘記帶傘，給阿宏添麻煩了。」

「是這樣嗎？」

我漠然地遙想著那天。那個我盡力不去回想，帶有苦澀回憶的一天。難得去看一趟煙火，卻結束得不太愉快的夏季之日。自那一天起，三人間便產生一些疙瘩。我們之間變得尷尬，鮮少三個人聚在一塊兒。

「……結果，那是我們三人第一次也是最後一次一起出門呢。」

奏音喃喃說道。

「我沒有讓它成為絕響的意思。」

我為時已晚地做出毫無意義的主張。奏音回過頭來，露出微笑。

「是呀。如果我還活著，就算上了大學，也還是能見面吧。」

奏音的語氣裡沒有悲傷或寂寞。那也許是刻意為之，又或是她本身既已釐清那些情緒。但對我而言，事情沒有這麼容易。我的內心尚未整理好。那間心房維持著當天混亂不堪的模樣，而我在那兒上了鎖之後，從未踏進去一步。即使如今唐突地開啟那個地方，也只會看見鮮明的情感與記憶保持當時的狀態散落一地。我沒辦法像她一樣，如此輕易地說出口。

「要是曉得妳會死，我就不會和妳交好了。」

我知道自己講的話很過分，也明白那是謊言。

「是呀。」

奏音簡短地予以肯定。我完全不清楚她是在肯定哪個部分。

我們在藏前站下車。由於聽說隅田川沿岸的隅田公園得一大早來才搶得到位子，我們便決定在第二會場觀賞。雖然大樓和建築物很礙事，不過這兒是行人徒步區，因此擁擠的程度似乎會比第一會場來得和緩一些。的確，還沒有什麼人來占位子，空間意外地尚有餘裕。

奏音一發現來做生意的攤販，雙眼便亮了起來。

「是章魚燒！我想吃！」

妳明明就沒那麼喜歡章魚燒——內心如是想卻仍然買下來的我，也是很寵她。

我買了兩瓶彈珠汽水，隨意找了個看得到煙火的地方席地而坐，在大快朵頤著章魚燒的同時，等待著煙火升空。奏音一臉迫不及待似地仰望天空。只不過是區區煙火，有那麼值得期待嗎？奏音看似一直以來都卯足全力在享受這種活動。她當真是在兜圈子嗎？到頭來，一切不過是我的推測，我甚至開始覺得，搞不好她只是打從心底想看煙火罷了。

時間來到七點半左右，第二會場也開始放起煙火。

「唔喔！」

奏音發出粗獷的歡呼聲。我因為脖子會痠，所以在適度觀看煙火之餘，就是滾動著汽水瓶中的彈珠玩耍。

那天我也不記得自己有這麼仔細在看煙火。腦中亂七八糟地竄過各式各樣的事物，感覺眼睛在看，訊息卻傳不進腦袋裡。我並不怎麼喜歡煙火，這點從以前到現在都一樣。我認為，現在還比從前更討厭了。

奏音的雙眸映著絢爛的煙火。在她眼中，許多事物想必都燦爛生輝吧。她是個開朗的少女，完全讓人感受不到她曾經受過霸凌。儘管溫順，卻也毫不客氣。這點在她過世後似乎也相同。

我忽然覺得內急，便告訴了奏音一聲。

「我去一下廁所。」

此時煙火正好在空中迸發，於是我背對著轟然巨響，一度從人潮當中脫離，前往附近的超商。

想必因為煙火大會而忙得不可開交的店員兩眼無神，當我告知借廁所的來意後，他便機械式地指著店內深處的廁所標示。儘管讓奏音等候一事我並沒有什麼罪惡感，但我還是速速方便完畢，向店員道謝後離開了店裡。

我回到原本的地方後，奏音向我問道：

「你上哪兒去了？」

「我有說要去廁所吧。」

「我也想去。廁所在哪裡？」

奏音把剩下的彈珠汽水和章魚燒塞給我之後，身影朝我告訴她的超商方位消失而去。

我茫然地昂首望著煙火。五顏六色的火焰花朵接連升空，讓我感到刺眼。那天令我不願回想起的苦澀記憶，隨之重現……

我像是要甩開那些回憶似地低下頭。低著頭把煙火聲從耳朵排除出去的我，緊咬著下唇。

在每當煙火上升便會湧現的歡呼聲之中，只有我彷彿待在無形的冰塊裡，四周的溫度和別人不同。彈珠在我手中的汽水瓶裡發出清脆的聲音，感覺似曾聽聞。差點再次陷入記憶泥沼的我抬起頭，這時忽然發現奏音仍未回來。

未免太慢了吧？難道她迷路了嗎？

我在人山人海中尋找奏音的身影。沒什麼特徵的服裝加上嬌小的體型，導致同伴如此難找也實屬罕見。

我拿著兩瓶彈珠汽水和章魚燒走出人潮，前往剛才借廁所的超商。

「不好意思。」

店員一臉詫異地看向我，看來他還記得數十分鐘前來借廁所的男子長什麼樣子。

「請問有沒有一個大約是高中生年紀的女生來借廁所？她是我的朋友……」

「不，沒有女生來過。」

聽到店員懶洋洋的回答，我道謝過後離開店裡。

她到底跑去哪兒上廁所啦？

是說，我是監護人不成？要照顧一個就出生年月日來說理論上和我一樣大的少女，也是挺奇妙的事。

我原本想一間間尋訪附近的超商，可是熙攘往來的人群中，有很多和奏音年齡相仿的女孩子。縱使「有沒有大約高中生年紀的女生來借廁所」這個提問獲得肯定的答覆，那也不見得就是奏音。我也很可能和她擦身而過。我可不能在彼此走散的狀況下獨自回去，她身無分文啊。假如迷路，她會去派出所嗎？理應辭世的人要是被警察留下來盤問身分，只會讓我有不好的預感。

得趕快找到她才行——我如此心想，令人不悅的焦躁感湧了上來。我對這種感覺有印象。這是她造訪那天，我為了尋找一度離去的她而四處奔走時，驅動著我的那份情感。

它就像是開瓶後的彈珠汽水般噴湧而出，不斷從我心中溢出，滲透到全身上下。這令我心跳加快，血液也隨之沸騰。汗珠由額頭滾落，煙火聲變得遙遠。

當我受到想大喊出聲的衝動所驅策時，背後傳來一道小小的聲音。

「啊，找到了。」

我倏地回頭，發現奏音愣愣地站在那兒。

「什麼『找到了』啊！妳上哪兒去了？」

「我不是說要去上廁所嗎？」

「要跑去哪裡的廁所才會花這麼多時間啊！」

「因為你告訴我的那間超商，廁所排了很多人嘛。」

「拜託妳……」

我揪住奏音的雙肩，擠出呻吟般的聲音。

「不要一聲不響地消失不見啊。」

說出口之後，我才猛然驚覺。

我是在講什麼……

「……你怎麼了？」

奏音憂心忡忡地窺探我的臉。

我不想把她的臉納入視線範圍，於是粗魯地放開奏音，別過頭去。

又有煙火升空，演奏出有如太鼓般的巨響。每當煙火沖天而上，那道光芒就會照亮我和奏音。

我承認了心中存在著一種情感。

那就是，不希望奏音消失。

過去4

在我剛升上高二不久的時候，發生了某個學生的鞋子不見的事情。事到如今，那是霸凌抑或惡作劇已不可考，而且我只碰見過對方這麼一次，因此不曉得之後的發展。

那天我碰巧晚回家，遇見了那名在鞋櫃前不知所措的學生，於是便詢問了狀況。對方是一年級生，當他準備放學回家而打開鞋櫃時，發現自己的鞋子不翼而飛。

也是由於我正好有空，才會陪他找鞋子。我們在鞋櫃周遭、出入口附近、走廊和他的教室這些地方四處尋找。大概過了一個小時，我們在校門旁發現一雙黑色樂福鞋擱在那兒。把它藏起來的傢伙，或許期待苦主死心後，打算穿著室內鞋或什麼回家時，才在校門口發現鞋子。儘管是場膚淺的惡作劇，但沒把鞋子丟掉算不錯了。

找回鞋子的學生極度惶恐地不斷對我道謝，還想知道我的姓名與班級，不過我鄭重拒絕後踏上歸途。我絲毫沒有賣人情給他的意思。而且坦白講，如果我不是恰巧晚歸遇到他又有空閒，縱使知道對方有困難我也不會特意出手相助。我在人際往來這方面很消的交情。極，歸根究柢是不擅長這檔事。因此即使和他有牽連，事後也並未特別發展出什麼特別的交情。

我並不是想當成自己個性冷漠，只是想先搞清楚，自己便是這樣的人。

我很容易被周遭狀況帶著走，沒有主動改變的意思。生活方式就像是僅僅漂流在河面上的樹葉。我會逆來順受、隨波逐流，無論最後抵達何方，都會接受那個結果。

和奏音及藤二往來，就結果來看或許也會變成那樣。我只是在情勢所趨之下和他們在一起。倘若分道揚鑣的日子將在盡頭到來，接納它感覺也很符合我的個性。

*

到了第二學期，面臨高中生活最後一次文化祭而幹勁十足的三年級各班學生，和負責相同項目的成員一起行動的情形變多了。這可說是高中生活最後的大活動也不為過。

我們班將要表演音樂劇，我們三人分別被分派到不同的幕後工作，而且不是什麼顯眼的差事。儘管如此，在班上雀躍不已的熱情影響下——也或許是試圖藉此蒙混夏天的尷尬——我仍致力於文化祭活動。

我被分派到道具組。雖然工作量不大，但暑期大夥還得讀書，因此進度不甚理想，導致我們得在暑假過完後快馬加鞭地進行。自然而然地，我變得較常和組上的成員接觸，而和奏音及藤二拉開距離。

自從煙火大會後，我們便維持著尷尬的關係。在補習班見到面也頂多只會打招呼，並不會聊很久。始作俑者藤二先姑且不論，和奏音也變成那樣的關係，無庸置疑是我的錯。假如藤二所言當真只是信口雌黃、子虛烏有，我應該能毫無顧忌地一如往常面對奏音才是。之所以辦不到，正因為那是事實，而奏音肯定也感受到了。因此，我再也沒有辦法像先前一樣和奏音交談。

先不談抵制文化祭也不參與負責工作的藤二，我和服裝組的奏音曾在教室碰過面。她經常在教室一角動手裁縫。在多半是女生的成員中，我幾乎沒見到奏音開口聊天的樣子。我有好幾次想開口向她攀談，可是每次湧到喉頭的話語都只會變成為時已晚的藉口。我所期盼的狀況並非如此，奏音也不會想聽到那種話吧。

從結果來看，我們幾乎不再交談了。就某種意義來說，我只是打回原形，只要這麼想我就不認為有什麼大問題。然而，奏音與藤二先前很要好，破壞他們交情的人或許是我。一思及此，我便覺得過意不去、深感抱歉，卻又束手無策。我討厭這樣的自己，過了一段就只是在自我厭惡的日子。

道具組當中，有個叫佐伯的男生。

他在班上挺受歡迎，是個隸屬足球社的爽朗好青年，對我也相當和善。

「神谷同學，你感覺都不太和別人打交道，所以難以開口攀談，可是實際一聊，就覺得挺普通的呢。」

我和佐伯是三年級才開始同班，因此沒什麼交集。他似乎一直把我當成不妙的傢伙看待。

「因為你和井崎同學感覺很要好，我還以為你是小混混。」

「我並沒有長得一臉小混混的樣子吧。」

「嗯，我現在會這麼覺得了。」

佐伯毫無歉意地笑道。也許是我至今都在應付難搞的藤二和怪怪的奏音，面對老實又好懂的佐伯非常輕鬆——而想要一個藉口逃離他們倆的我，正透過此事蒙混自己的思緒。

「佐伯同學，你應該上台表演，而非加入道具組才對啊。」

隨和又討人喜歡的佐伯，感覺很適合當演員。

「咦，不行啦，我超級五音不全耶。」

「五音不全？」

「像是卡拉ＯＫ之類的，我也絕對沒辦法。我現在就在擔心，萬一慶功宴要去唱歌的話該如何是好。一說自己五音不全，不曉得為什麼大家就是會想逼人開口唱呢。這是哪門子的拷問啊？」

「原來是這種理由。」

我配合佐伯笑道。

道具組的活動場所主要是在物理教室。我們班導是物理老師，他為我們開放了物理教室後方的空間，當成道具的放置處使用。負責人還有其他男女同學各兩名，可是我主要只有跟佐伯聊天，而佐伯無論和誰都會說話。他同時是道具組的組長。

「你才該找個角色來演呢。感覺你出乎意料地上相。」

「開玩笑，我不喜歡拋頭露面。」

「嗯，你確實有這樣的感覺。不過，討不討厭和擅不擅長是兩碼子事吧？」

「說得好。但即使如此，我也絲毫不認為自己適合當演員。」

「你還真是消極，不試試看怎麼知道？搞不好你意外地超會唱歌……」

這時物理教室的門傳來拉開的聲音，我把臉轉過去發現是奏音，於是倏地別開了目光。

「佐伯同學，你知道老師在哪嗎？」

奏音指名佐伯如此問道。想必她有注意到人在身旁的我吧。

「不，他不在準備室，也許是在開教職員會議。」

「喔，原來如此。謝謝你。」

物理教室的門發出關上的聲音後，我抬起頭來就已經不見奏音的身影。佐伯望著奏音離去的門扉方向說：

「神谷同學，你和皇同學也很要好，是嗎？」

「嗯……我們只是上同一所補習班罷了。」

「咦？你們沒有一塊兒吃午餐嗎？就在中庭。」

「因為近來她好像忙著讀書。」

我含混不清地帶過，把注意力集中到手邊。

「那就是文化祭了呢。」

佐伯忽然說出這種話，令我歪頭不解。

「什麼意思？」

「一起逛逛的好機會。」

他輕拍我的肩膀，使我愣在原地。

「畢竟是最後一次了，得留下一點回憶才行。雖然我不曉得井崎同學是怎麼想的就是了。」

「……最後……是嗎？」

高中三年級，高中的最後一年。若是能和奏音一同逛文化祭——我的內心有些雀躍，可是一想到現況，便立即萎靡了。

我的考試準備沒什麼進展。

在夏天之前成績雖然有起色，不過來到八月後半段，模擬考的結果卻差強人意。原因顯而易見，就是書讀得不夠。這陣子就算窩在自習室裡，我也會馬上陷入沉思，導致念書沒什麼進度。這樣的日子不斷持續。

我腦中所想的是奏音——以及藤二的事情。

我待在自習室時，目光忍不住都會投向奏音。她大多會坐在前面，因此多半坐在後方座位的我，可以很清楚看見奏音的背影。當她集中精神時會把自動筆尾端底在嘴唇上的習慣、將長髮撥到耳際的動作，偶爾會左右搖晃身子是表示她在煩惱。和我不同，奏音幾乎不會發呆。我先前聽說，她之所以會坐在自習室前方，是為了避免他人進入視線範圍而分心。她正如打算，一直都很專注。即使發生了那種事，看似依然如此。

藤二經常坐的位子，最近總是不同人坐在那兒。自從那件事之後，他就不再到自習室來了。儘管會到補習班上課，卻會坐在遠離我和奏音的地方。他在上課時仍一副恍恍惚惚、不怎麼專心的樣子，有時會望向不相干之處轉著筆，下課後就匆匆回去，簡直像是害怕我或奏音向他攀談。

我甩甩頭，將這些想法驅趕出去。

就像奏音一樣，專注在念書上吧。但我的腦袋反而接二連三浮現出多餘的雜念，讓我隨即停下動作。我完全搞不清楚自己之前是怎麼集中精神的。半年前我獨來獨往是理所當然的事，自個兒用功就是我的日常，因此用不著刻意為之，也能夠自然而然地專注才對。

和別人扯上關係，表示要把腦內空間騰出一些給對方，相對地能夠分給自己的部分便會減少。與他人有所牽扯的人，將會疏於關注自己，自個兒的事情會一點一點變得隨便。

縱使變回隻身一人，那些輕忽掉的地方也不會那麼簡單就回復。我原本以為，人與人之間的牽絆能夠輕易斬斷，可是並非如此。我、藤二及奏音，至今依然聯繫著。即使不再交談，維繫也殘存著。正因我們仍然相繫，才會感到痛苦。

如果可以像是切斷絲線一般果斷割捨的話，那會有多麼輕鬆啊。

然而，若問我是否想落個快活，我覺得倒也不是。我並不想完全斬斷和他們之間的羈絆，反倒是對那條絲線感到依依不捨。

甫一回神，我又再次望著奏音的背影。

或許是感覺到視線，只見奏音回過頭來，和我對上眼。

我逃也似地從位子站起來，離開自習室去呼吸外頭的空氣。

夏天的餘韻即將離去。

走出空氣不流通的自習室，僵硬的身子吹著九月的風感覺很舒適。比起待在非得讀書不可的自習室裡，像這樣漫無目的地跑到外頭，感覺較能讓腦袋放空。我感覺自己被思考搞得過熱的腦袋，正靜靜地逐漸冷卻下來。

有道腳步聲由後方傳來。有人跟在我後頭離開了自習室。我靠邊去打算讓出路來，腳步聲卻在我身後戛然而止。在我心生懷疑而轉過頭去之前，側腹部就被人戳了一下，使我發出怪聲。

「嗨。」

是奏音。

「……有什麼事嗎？」

明明我們已許久沒有交談，我卻只做得出如此冷淡的回覆。

「我想說，剛剛我們四目相交了。」

「喔……抱歉，我發愣的時候視線飄過去了。」

「嗯，我有感覺到你的眼神呆若木雞。」

奏音把銅板投入附近的自動販賣機，買了飲料。是冰咖啡拿鐵。

「你讀書有進展嗎？」

「一點也不。」

奏音嘆了口氣。

「我也是。」

「可是妳看起來很專心。」

「我只是專注在『專心』這件事上罷了。」

這番道理令人似懂非懂。我並未詢問她為何無法集中精神。

我也買了冰的黑咖啡，才喝一口便覺得還是藤二打工地點的咖啡好喝多了。

「文化祭——」

奏音提出一個和我們切身的話題。

「狀況如何？」

「道具？沒什麼特別的……倒是服裝似乎很辛苦呢。」

「我成天被針刺到手指。」

奏音把手張開給我看，上頭四處散落著鮮紅的小小痕跡。

「不過應該勉強做得完。畢竟這是最後一次了，我不想偷工減料。」

「妳當真這麼認為？」

我的問題是不是很壞心眼呢？然而，我就是不由自主地想打聽她的真心話。

「……不，坦白講根本無所謂。」

「就是說啊。」

我們並未融入班上。即使試著搭上同學們的熱情，到最後也沒有被感化，彼此間有著溫差。如同字面所述，熱量的品質不同。看到佐伯，我便強烈地如此覺得。

我們兩人喃喃聊著不著邊際、無關痛癢的話題。慎重、緩慢、寧靜地開口，避免碰到痛處。

這是一場毫無意義的交談，即是所謂的閒聊。難得有機會講到話，其他該說的事情要多少有多少，我卻並未提到任何有意義的內容。我沒有起話頭，奏音也隻字未提。時間就這麼白白流逝，咖啡也轉眼間變溫了。

……不對。

唯有一件事我想說出口。

——那就是文化祭了呢。

佐伯的話語在我腦中復甦。

——一起逛逛的好機會。

「那個啊……」

我話講到一半就收了回去。

如果在此邀約奏音，事情就成了定局；萬一遭到拒絕，更是覆水難收。我們三人將真的再也無法一塊兒相處。現在還有希望。只要把那件事當作沒發生過，我就能和奏音閒聊。但若是我開口約她，就無法當成沒那回事，反倒會變得不可抹滅。

「嗯？」

奏音側過頭，等著我說下去。

我搖了搖頭，笑著說一句「沒事」，把咖啡一飲而盡。

＊

和對文化祭冷感的我們截然不同，校內的熱氣逐漸高漲。近來不但公布欄上貼了文化祭的倒數計時，還有零零星星的學生身穿正式表演用的服裝或班服在學校裡遊蕩。我們班上也有做班服，那是一件採用了熟成番茄般的布料所做的大紅色T恤，上頭印著貓咪竊笑的表情。雖然是美術社的女生將音樂劇中的登場角色Q版化所繪製而成，但遺憾的是，即使說客套話也算不上可愛。

我們道具組幾乎已完成任務，得以自由運用時間，於是我把空檔拿來念書。待在自習室無法專心，因此最近我都使用學校圖書館。不知道是環境改變之故，還是無須意識到奏音，感覺比起在自習室裡更能專心。缺點是圖書館的關門時間很早。在我解了幾道考古題時，轉眼間就來到閉館時間。

這天也一樣，在我寫題庫時鐘聲就響了起來，擔任館員的老師喊著「要關門嘍」驅趕學生。我的答案才對到一半，因此不太甘願。我尋思著「到補習班的自習室繼續對答案吧」的同時走出圖書館，來到出入口才發現外頭正在下雨。

由於氣象預報說是陰天，我並沒有帶傘出門，這下子事與願違了。我一瞬間心想，在前往補習班途中的超商買把傘好了，不過隨即想起教室裡的置物櫃擺了一把折疊傘，於是決定過去拿。

我爬上中央階梯來到三年級教室所在的二樓走廊，朝三班的教室走去。鄰近放學時間的校內已杳無人煙，但或許是每間教室都把文化祭要用的物品擺在走廊上，感覺莫名熱鬧。疑似要用在話劇裡的木製紀念碑、菜單與招牌，以及成堆遮光布和布偶裝組合，甚至也有班級把桌椅統統搬到教室外頭，難道是明天早上要晨練嗎？

穿過染滿文化祭氣息的走廊彎過轉角，馬上就看到三班的教室。我忽地注意到教室前有道人影。略長的黑髮、目光銳利的上吊眼、駝著背把雙手插在口袋裡——這個男學生的樣貌我非常熟悉。

是藤二。

當我打算呼喊他的時候，藤二用食指抵著嘴唇，再指著教室裡。裡頭似乎還有人在，藤二是在偷看。他揚起下巴示意，我便壓低腳步聲靠近教室，把臉湊近拉門窺探著內部。

我看見一名女學生正在動手做裁縫。才想說又是一道似曾相似的背影，結果發現是奏音。也是啦，這個班上會讓藤二有興趣偷看的人，頂多只有奏音。她好像在縫製音樂劇的服裝。她居然做到這麼晚嗎？同時我也心想，為什麼她一個人在做呢？沒記錯的話，服裝組應該有六個人才對。

奏音開始收拾東西，看來是完工了。

我望向藤二，於是他又抬了抬下巴，這次的舉動感覺像是在說「跟我來」，我便點點頭，安安靜靜地離開教室。

「其他人八成先回家了。」

離開出入口後，藤二喃喃道。

外頭下著小雨，我把傘打開來往藤二那邊撐過去，卻被他拒絕而推了回來。細小的雨滴毫不留情地逐漸淋濕藤二。

「大家都有事情要辦？」

「怎麼可能？用用你的腦袋吧。」

藤二一臉無趣地笑道。

「他們是把工作推給奏音，回家去了啦。」

「這……」

不可能吧？這是因為，你這隻不令她受到欺負的老虎，就是為此存在的啊。

不過回想起來，近來藤二和奏音突然變得完全不說話了。自從夏天過後一直是這樣。奏音是狐假虎威的狐狸，一旦老虎從身邊離去，她就只是一隻弱小的狐狸，恰好讓人把麻煩的差事硬塞給她。

「她的雙手超笨拙的，我光是稍微看一下，就見到她的手指被針扎了好幾次。明明把事情丟著回家就好，反正她對文化祭也沒有多了不起的感情。」

藤二踢飛腳邊的小石子。甩著雨珠滾進水窪裡的石頭，使其漾起波紋，就像是藤二之於三班一樣。

「奏音才不會把事情丟下呢。她和某人不一樣。」

「我也沒那樣好嗎？」

「你打從一開始就拒絕參與文化祭啦。」

「就算我在也不能怎麼樣啊。而且我和大多數人都沒有講過話。」

「這是你該努力的地方不是嗎？」

「我就免了啦。」

說出這句話的藤二，感覺疲憊不堪。

——我就免了啦。

聽來真是悲傷。

言外之意似乎是在抱怨，自己已經放棄了很多事情。

藤二的情感率直，卻不願意吐露真心。我一次也沒能夠察覺他想做什麼，又或是希望我們做些什麼。

「你都沒和奏音講話對吧。」

藤二瞪著我說道。

「你沒資格說我。」

我回嘴。藤二應該也一樣，沒什麼和奏音說上話才對。

「我無所謂，畢竟我打從一開始就是這樣。可是，阿宏你不一樣。你是在惺惺作態個什麼勁？」

「我才沒有。」

「要是你好好跟奏音交談、陪在她身邊，她也不會遇到這種事。」

我頓時一把火都上來了。

這句話你真的沒有資格說。

唯有你毫無立場，藤二。

這是你的職責吧？你要當一隻老虎保護奏音啊。為啥我非得連這個任務都要概括承受不可？我可沒有濫好人到這種地步。

「我才要說你，幹嘛不跟奏音講話？」

我停下腳步，狠狠瞪視藤二。

雨勢愈來愈強勁，稍稍走在前面的藤二已經全身濕透，裡頭的T恤隔著制服襯衫透了出來。兩手插在口袋裡並駝著背的藤二，轉過頭來望向我。只見他的雙眼蒙上一層陰霾，彷彿視若無睹。這小子總是這樣，不願意正視眼前的人。

「你懂不懂啊，藤二？如果你不向奏音攀談的話，那些畏懼你而不再戲弄她的傢伙就不受牽制啦。奏音將暴露在他們的惡意底下。的確，她沒有辦法依賴你一輩子，可是最起碼在高中生活期間，由你來保護她也無妨吧？你知道自己成為了她的屏障吧？既然如此——」

「那並非我的責任。」

藤二忽地抬起視線。

他原本朦朧不清的雙眼瞬間變得澄澈，陰雨綿綿而不可能出現的藍天，看似映照在藤二的眼裡。

我甚至覺得，自己是初次正面見到藤二的眼睛。儘管略微上揚，他的雙眼卻像奏音一樣大，黑眼珠又明顯，好像睜得老大的貓眼。

「那不然是誰的責任？」

「阿宏。」

藤二瞇起眼睛。

「我也有所自覺，知道自己待在奏音身旁的期間，沒有人能夠對她下手。可是這樣一來，奏音會變得沒有我就不行。高中畢業後我們就要踏上不同的出路，這樣子不成吧？」

「或許是那樣沒錯，但是——」

「不行就是不行。」

藤二搖了搖頭。

「我無法扛下這種責任，而且只會那樣子保護人。再說，『保護她』這個念頭本身，也許根本是一種傲慢。奏音八成有辦法處理自己的事情。我認為，她要比我們所想的還要堅強。」

「所以你要棄她於不顧嗎？」

「不是那樣。由你來出手幫助她就好啦，阿宏。」

「那你要逃避嗎？」

「我辦不到啊，我和你不一樣。」

不知為何，藤二笑了。

他被雨淋濕的臉龐，看起來也像是落淚的表情。我無法想像藤二哭泣的樣子。愛逞強的他，或許會笑著掉淚——我忽地如是想。

「喂，之前所說的話……」

藤二突如其來地開口說道。

之前——光是聽到這句話，我隨即曉得他是指哪個「之前」，耳朵因此發燙。

那是夏日的其中一天。

我們三人唯一一次一同出門的日子。

升空的煙火，以及苦澀的回憶。

「我當時沒有惡意，真的。」

儘管藤二如此表示，但回想起那天的事，我的臉依然會燙得像是熊熊燃燒著一般，同時對藤二的強烈怒意，讓我快氣炸了。既然毫無惡意，希望他把想法留在腦中就好，提都別提。如此一來，我們就不會在雨中講這些事情。在教室裡被縫衣針傷到手指的奏音，人也會在這兒才對。

「可是，我當真那麼認為。」

「你給我住口。」

我壓低了嗓音。和平時截然相反，藤二的語氣很溫和，我則是尖銳地低吼。

「我一直都希望，事情能夠變成那樣就好了。」

藤二終究沒有從我身上別開視線。即使語氣和緩，目光卻是強而有力。明明照理說是我在瞪他，但我甚至覺得自己正被他瞪視著。

「事情能夠變成那樣就好了？」

「我原本期望你們兩個可以交往。」

我揍了藤二。

回過神來，我才發現自己動手了。

要躲開我軟綿綿的拳頭理應易如反掌，藤二卻沒有避開。我的拳頭直接招呼在他臉上，把他打到流鼻血。打人的我，手也麻掉了。原來揍人自己也會痛嗎？我現在才知道。

「我換個說法。」

藤二擦掉鼻血。

「我一直期盼你們兩個可以交往。」

現在進行式，表示他如今也如此盼望。

這是為何？

「為什麼啊？如果情況演變成那樣，我們三個人就很難再待在一塊兒了吧。你覺得我和奏音很煩人嗎？還是討厭我們？是的話就講清楚啊。就算我和奏音沒有交往，如果你希望我們別管你的話，我們也會照辦的。」

「才不是那樣。」

他的鼻血流個不停。縱使被雨水沖刷，劃過嘴唇的鮮紅血痕依然源源不絕地流淌。從旁經過的路人，皆帶著狐疑的目光望向正面相對的我們。

我才想說傘不見了，原來是掉在後頭，看來是我揮拳的時候拋下的。因此我也漸漸變成了一隻落湯雞。

「我是覺得可以放心把奏音交給你。我認為你會採用有別於我的方式保護她，支持她自己挺身奮戰。」

藤二有如連珠砲似地接二連三說道。

就他而言，還真是相當拚命。

平常講話總是那麼慵懶、若無其事地放人鴿子、感覺絲毫不把別人的事情放在心上的藤二——

正竭盡全力地述說。

「……簡單說，就是你想要有個替身是吧？代替你保護奏音。」

我低聲說道。既像是確認，又好似挖苦。

「不是替身啦，你才是主角。」

藤二再次擦拭鼻子。抹掉的血跡，隨即被雨水沖掉。

「……這樣子你可以接受嗎？」

我抬起頭望向藤二。

「什麼東西？」

「我在問你能否接受。」

他應該明白我的話中之意。

我一直都這麼覺得，先前也一度確認過。儘管藤二否認，但我不那麼認為。這個念頭，如今反倒變得更加強烈。

藤二一定喜歡奏音，非常喜歡。

「之前我也說過了吧？」

藤二忽地從我身上別開目光，仰望天空。

「我對奏音沒興趣啦。」

少騙人了——我簡短地拋下這句話。

＊

文化祭當天放晴了。

我們三班將利用視聽教室上演音樂劇《愛麗絲夢遊仙境》。公演是一天兩場，在兩天的活動中共計四場。負責道具和服裝的成員，屆時會在後台或櫃台從事幕後工作。

第一天第一場公演是由奏音站櫃台，藤二則理所當然般地不在現場。我在這場公演無事可做，想說在校內閒晃，結果被佐伯逮到了。

「神谷同學，我們一起逛吧。我和所有朋友的自由時間都搭不上，這段期間孤零零的啊。」

「喔……是可以啦。」

敲定後，我們倆一道離開了視聽教室。

我沒有特別想逛的地方，因此陪著佐伯到處觀賞他朋友籌備的項目，有戲劇、鬼屋、咖啡廳、占卜攤、展示品、樂團……諸如此類。真虧他有這麼多地方要逛。他露面之處多半有熟人在，無論是同儕或後進，不分男女，佐伯皆親暱地與他們交談。

「真虧你……」

佐伯在手工藝社的販售區，買了一頂一年級時同班的女同學所做的帽子。見狀，我不禁脫口講出真心話。

「咦？你剛有說話嗎？」

「呃……我覺得傻眼。」

「咦？為什麼？我做錯了什麼嗎？」

「你的人面也太廣了。你到底認識多少人啊？」

「咦？這樣很普通吧。頂多只有曾經同班過的同學和社團夥伴而已啊。」

「不普通，一點也不。」

我打死都不認同。這算哪門子的普通？

「神谷同學，你沒有什麼其實很想逛的地方嗎？」

「我又沒加入社團。」

「像是一、二年級時的朋友之類的。」

「沒有熟到會親密交談。」

「哎呀，你真的沒朋友呢。好好笑。」

佐伯毫不避諱地咯咯發笑。不過這是事實，我也無法反駁。

「既然如此，井崎同學和皇同學更是你的摯友了。」

唐突地聽到藤二和奏音的名字，我顯而易見地產生了動搖。

摯友？

我們算是摯友嗎？

「不過，只結交情誼深厚的朋友，也有點帥氣耶。」

「才不是那樣。」

我沒好氣地喃喃說道。

並非如此。

我只是隨波逐流罷了。不過是奏音邀我上補習班，之後在情勢所趨之下待在一起。我們到處遊玩，聊了許多事……這些當真全都是順水推舟而已嗎？事到如今，我已不清楚當中是否有自身意志存在。

「第二天你和皇同學都沒有排班，可以一起逛嘛。」

佐伯這番話似曾聽聞。裡頭沒提到井崎，已經是標準狀態了。

「天曉得，我又沒約她。」

「那你就約啊。」

佐伯的語氣罕見地強硬。

「他們是獨來獨往的你珍貴的朋友吧。這種時候不約，更待何時？」

就道理來說或許是這樣沒錯，對於理所當然般擁有朋友的人而言。可是奏音對我來說，與其說朋友，更像是……況且，我們倆對文化祭都興趣缺缺。如果是結伴同遊會很開心的對象倒還無妨，但照我們眼下的關係來看，必定只會感到尷尬而已。

最起碼要是藤二在就好了……不過現在的藤二，一定會想讓我們兩個獨處。不，不僅限於目前吧。那小子之所以會不斷臨時失約，搞不好是……

「你會不會想太多啦？事情有這麼困難嗎？」

聽佐伯這麼講，我回以一個含糊的苦笑。我確實考慮太多了。但我認為，狀況不好處理也是事實。

第二場公演我要負責幕後工作，因此下午去了視聽教室。我得把道具搬進搬出，或是協助操作照明及音響。

《愛麗絲夢遊仙境》就如劇名所述，是以奇幻仙境為舞台，因此舞台裝置頗具規模，奏音煞費苦心縫製的服裝也是。高中生等級的文化祭難以完美重現作品中的舞台，所以真要說的話，服裝撥了比較多預算，不過醞釀氣氛的關鍵裝置還是由道具組製作。

奏音也以服裝組的身分來到後台。這齣劇會讓演員扮演複數角色，導致演員們頻繁更換服裝，她就是來幫忙的。不僅道具組及服裝組在，演員也很多，結果讓後台變得相當擁擠，有著滿滿的人和物品。在教室練習時沒注意到的細節，我們根據當天第一場公演後的反省，訂立了道具與服裝要放在固定位置的規矩。這個措施會將大道具盡量擺在靠近舞台兩側之處以便於搬運，小道具則是避免丟失。

然而，公演才剛開始，立刻發生了問題。其中一名登場人物——帽子先生應該要戴的帽子，未能就定位。

帽子先生這個角色正如其名，因此沒戴帽子會顯得很奇怪。這個綁定角色的標誌實在強烈過頭，一旦沒有帽子，觀眾會不曉得這是什麼人物。

「最後碰到帽子的人是誰？」

後台頓時發生大騷動。音樂劇穩定地進行著，距離帽子先生登場的場面剩不到多少時間。最糟的狀況下會讓演員不戴帽子登場，不過這場公演就會給觀眾留下負面印象。或許也因為這是三年級學生最後一次的文化祭，不願讓回憶變成那樣的同學們，皆睜大了眼睛尋找帽子。

我也沒有看到帽子的印象。服裝組用心製作的大禮帽，設計相當華麗，遠眺也會很醒目，因此立刻可以知道後台沒有它的蹤影。扮演帽子先生一角的同學，一副不知所措的樣子搔抓著短髮。我漠然心想，那副模樣要自稱是帽子先生確實很牽強。

「不是皇同學嗎？」

突然間有個女生出聲說道。

「飾品在第一場公演的時候掉了，是皇同學拿去修補的吧？」

後台的視線集中在一個方向上。奏音杏眼圓睜地佇立在原地。

「我修好啦，然後放在教室了。」

奏音以細若蚊蚋的嗓音答道。

「誰去教室看看！」

飾演帽子先生的同學正想拔腿而出，但被「你怎麼能過去啊」一句話阻止了。一名服裝組的女生由後台衝出去。

「把東西從教室拿來是服裝組的工作吧？是誰負責運送帽子的？」

「我不記得了……沒印象看過。」

「妳的意思是已經不在教室了？」

「大概吧。」

「皇同學，妳把它擺在教室的哪裡？」

「老地方，後面置物櫃的上頭。」

「妳真的放在那裡嗎？」

「我想是的……」

「妳不確定會害我們很傷腦筋耶。」

氣氛逐漸往奇妙的方向流動，責備的眼神正朝奏音看去。

「教室裡頭沒有。」

回來的女生報告。後台瀰漫著一股失落的氣氛，感覺責難奏音的氛圍就要變得更濃重了。

「……我去找。」

「等一下。」

我瞬間阻止欲跑出後台的奏音。若是她此時獨自衝出去，事情就會變成是奏音的錯。既然她說東西確實就定位了，我想應該不會是謊言。

儘管如此帽子也不在教室，那就是有人拿走了。我不清楚對方的目的和盤算，不過要找出來很困難。

「有辦法做個替代品嗎？」

奏音瞪圓了雙眼。後台的所有人八成也都一樣。

「現在做？」

「佐伯，你剛在手工藝社買的帽子。」

我望向和我一道走進後台的佐伯，於是他敲了一下手。

「喔，那個……就在教室裡，可是那像帽子先生會戴的嗎？」

「它的形狀很像大禮帽啊，只要加點有帽子先生風格的裝飾就行了。」

「……搞不好蒙混得過去？」

「把那個拿過來！」有人對佐伯下令。「了解！」佐伯從後台疾奔而出。好不容易找到補救的可能性，後台再次躁動起來。

「有沒有剩下什麼服裝的材料呢？」

我詢問奏音，於是她像是猛然驚覺似地直點頭。

「有很多……像是碎布塊、鈕釦，還有繡章之類的。」

「用那些東西做得出來嗎？」

「……我很笨拙，可能沒辦法做得那麼好。」

「只要看起來不像一般的帽子便行了。乾脆弄得怪裡怪氣吧。」

「——喂，神谷同學，這姑且是我朋友的作品喔。」

回來的佐伯嘴上這麼說，還是把帽子遞給奏音。奏音一度看向我的臉龐，並堅定地點了個頭，之後拿起裁縫道具。

帽子先生戴了一頂相當怪模怪樣的大禮帽登場。從他出場的瞬間，觀眾就已經忍不住發笑。酒店小姐有個叫蓬蓬頭的髮型，跟那個很接近，堆滿了布料、蕾絲、緞帶這些材料的帽子已不見原樣，八成沒有人會料到那是在手工藝社購買的手製品。

舞台平安無事地落幕了。原本的帽子到最後都沒有找著，明天之後也得繼續使用這頂即席打造的古怪大禮帽。或許這樣也好。當我見到公演後飾演帽子先生的同學對奏音道謝時，心想要是她能藉此稍微融入班上一些就好了。

撤離視聽教室後，我眺望著那頂被帶回教室的帽子。不知不覺間，奏音出現在我身旁，同樣露出奇怪的表情瞪視著帽子。

「做得挺不賴的嘛。」

聽我這麼說，奏音掛著五味雜陳的神情笑了。

「我的笨拙之處，活用在好的地方了。」

「觀眾也很喜歡呢。」

「明明是帽子先生，戴著不尋常的帽子卻比較受歡迎，感覺好奇怪。」

「因為《愛麗絲夢遊仙境》大致上是個怪怪的故事啊。」

「嗯，也許吧。」

奏音拿起帽子翻過來，手工藝社那頂做為基底的帽子，內側便一覽無遺。

「這原本是拿來販售的商品對吧？」

「是手工藝社的。」

「這樣好嗎？感覺對佐伯同學很不好意思。」

「不要緊，公演結束後再把裝飾統統拆掉就好了。」

「可是，我在人家特地製作的帽子上縫滿了一大堆東西。假使我沒有把真品弄丟的話，就不用做這種事了。」

「又不是妳搞丟的。」

奏音露出一個含糊的笑容，大概是在強顏歡笑。

「謝謝你喔，阿宏。」

奏音把帽子放回去，如此說道。

「你救了我。」

「沒到那個地步啦。」

「沒那回事，你真的幫了我一個大忙。」

奏音轉頭望向我，我看見自己的身影映照在她偌大的眼眸裡。和她四目相交，我就覺得必須要講點什麼才行。感覺她的視線中乘載了許多訊息。儘管我連其中一個都無法解讀，還是產生了非得回應的念頭。

「……我說啊，奏音。」

話說到一半，我察覺到自己打算講些什麼了。

我腦中想著明天文化祭的事。我和奏音都要協助上午公演的幕後工作，不過下午是自由時間。佐伯那番話在腦中重新響起，藤二的話語也隱約可聞，我還想到了遭到拒絕會有多麼悲慘。

「不，沒什麼。」

我氣餒了。

結論和先前相同。不，我腦中某處理解到，那多半並非她的期望。她一定已經做出結論，而此事或許是理所當然的。

奏音偏過頭去，並未深入追問。

不久後傳來首日活動閉幕的廣播，於是學生們三三兩兩地離開校舍。

結果藤二直到最後都沒有現身。

文化祭的第一天，就此劃下句點。

現在5

從煙火大會回家的路上，我並未和奏音交談。我不曉得該如何開口。奏音對我來說是個總有一天會消逝的故人。我想說若是她順利達成願望後消失了也無妨，不會投注大量感情在她身上，所以才對她很冷淡。面對曾經死過一次、八成終將消失不見的某個人，投入感情實在愚蠢透頂。

然而，不知何時我已經放感情下去了。

我接受了她存在一事。這會是錯誤的根源嗎？我果然該忽視她的存在嗎？是否不該詢問她的心願呢？

和奏音共度的時光不過短短數日，僅僅如此她就在我心目中留下濃濃的影子。和那時如出一轍，既鮮明強烈又輕盈靈動地躍入我的記憶當中。令我想起那些不願回憶的日子，挖出我不堪回首的記憶。

那時候，我喜歡皇奏音。

沒錯，我戀愛了。我喜歡她的程度，甚至到了其他事物都毫無價值的地步。這名少女並非特別漂亮，個性也沒有好得令人讚嘆，不過會以凜然澄澈的大眼睛看著人說話。就連我這種人的雙眼，她也願意直視。她會筆直地凝望別人。對於先前無緣被人正視的我，光是如此她的存在便極其貴重。

我並沒有事到如今依然多愁善感地惦記著她。即使如此，她確實是我特別的人。這點在今天的煙火底下獲得證明了。

面對默不作聲的我，奏音也不發一語。我們在擁擠的電車內被人潮擠到彼此的肌膚緊貼著，行為舉止卻又彷彿對方不存在。奏音冰涼的皮膚莫名真實，讓我強烈意識到她便在這裡，但我硬是將那份觸感逼到腦袋一角。我嘗試過一心一意地將奏音的存在從心中抹去，可是這幾年來我已經徹底認清，事情並不會那麼順利。

隔天醒來時，我並沒有躺在床上，而是趴在桌上直接睡著了。眼前扔著幾罐喝光的便宜酒瓶，看來是回家後喝了一場悶酒。目光過於短淺的思考，讓我自己都覺得厭煩。

奏音有好好裹著毛毯睡覺，靜靜地發出規律的呼吸聲。我輕輕地站起身以免吵醒她，而後隨便披了件上衣走出家門。

夏天的早晨會很奇妙地令人覺得涼爽。明明氣溫是春天比較低，是日夜溫差讓人有這種感受嗎？柏油路的溫度在夜晚時分降下來，當我走在上頭並踢著小石子時，感覺腦袋也稍微冷卻下來。

——不要一聲不響地消失不見啊。

即使如此，我的內心依然殘存著動搖，確實在責怪自己「幹嘛那樣講」。我不該說出那種話，連提都不該提。話語一旦講出口，便會擁有力量。不要消失不見——內心的想法會變成事實。

我已經承認那份心意，為時已晚了。

那麼，我該如何是好？

奏音帶有某種目的回到這個世界。我一直認為，只要目標達成，她就會消失。既然如此，倘若她未能完成心願，是否會持續滯留在世上？如此一來，我便能像現在一樣，和她一塊兒活下去嗎……

這種事情不可能被允許。

我腦中很清楚，內心卻在動搖。無聊的思緒令我迷惑。

我搖搖晃晃地漫步走向車站，並買了車票，搭上正好開進月台的電車，靠在車門上望向窗外。電車發車後，搖曳的景色便由前往後飛馳而去。街景在朝陽照耀下燦爛生輝，染上了橘紅色。奏音這時是否起床了呢？看到我不在，她會有什麼想法？假如那天死的人是我，和目前的奏音立場相反，她會來找我嗎？

我一方面希望她來找我，一方面又不想被找到。現在自己這張沒出息的臉不願讓人瞧見，我沒有臉見她。就是因為這樣想，結果我才會在奏音醒來前大搖大擺地逃出來。迄今我一直草率對待人家，當成她壓根兒不重要，事到如今我有什麼臉叫她別消失？都是因為我忍不住說出口，才會尷尬到極點。

只是，奏音肯定不會介意。她從以前就是這樣。無論被放鴿子多少次，她都不會受挫。這和寬容有著些許差異，不過有點相似。她擁有許多這樣的東西。

電車往西邊開去。我漠然理解到，它正朝向何處去。手上的車票，是當地車站所能買到最貴的一張。明知道它會載我到什麼地方，我卻一次也沒去過。

太陽逐漸升起，世界迎來了早晨。城鎮醒轉後，搭電車的人也愈來愈多。也許是因為暑假的關係，有很多小孩子。見到少年們揣著捕蟲網和飼養箱的身影，我追溯著記憶，回想自己是否也有過這樣的時光。

當我把睡意從迷茫不清的腦袋裡趕跑的時候，電車已抵達了終點站，於是我緩緩走下月台。

這個鎮上有座相當大間的醫院。

這是一個擁有許多大自然景色、顯得綠意盎然的城鎮。它似乎也很靠近海邊，風帶有些許潮水的氣味。蔚藍的天空一望無際，潔白的飛機雲拖著長長的尾巴。從我走下車站月台的瞬間，就好像被丟到盛夏之中，遭到蟬鳴聲包圍。明明時間還是上午，日照卻相當強烈，我看見一排螞蟻走在被曬得火燙的水泥地上。

鎮上的大型醫院是一所知名的大學醫院，離車站大約步行十分鐘左右的距離，坐在車上也能清楚看見其廣大的腹地。我回想起雪白的建築物在陽光照射下，變得更是光輝璀璨的景色。

我在剪票口佇足不前。

我是來幹嘛的呢？

隻身一人跑來這種地方做什麼？

是想確認些什麼，又或是意圖回憶起來嗎？

此處有著我的傷痛。這裡是我逃走的地方。儘管一次也沒來過，我卻是從此地逃走的。我逃到那棟破爛公寓之中的狹小房間裡，足不出戶。我把自己從故鄉還有往昔切割出來，沉浸在自個兒製造出的疏離感和虛無的愉悅裡，每當憎恨起世界便會灌酒買醉。即使如此，在我依然想和世界建立聯繫而拚命掙扎著所活過來的路上，不知何故奏音再度和我巧遇，這次讓我從本應閉門不出的家中逃了出來。

我就只有逃避的本事。

無論什麼事，我都不擅長正面應對。

我僵立在剪票口前，無法往前踏出一步。目前的我，沒有向前邁進的勇氣。

我吁了一口氣。

汗水從臉頰滑下，沿著下頷化成水珠，滴到地上。

「你不過去嗎？」

我驚訝到幾乎要跳起來，轉頭望向後方。身穿制服的奏音就站在眼前。她是什麼時候在這裡的？不，她究竟是怎麼到這裡來的……是尾隨著我嗎？我都沒注意到？從邏輯上來想應該是這樣沒錯，但不知為何，我有一種她是藉由神奇的力量，剛剛才從家裡傳送過來的感覺。

「你不要叫人家別消失，卻自己不見啦。」

奏音掛著奇妙的表情笑道。這是她打從以前就不時展露的蹩腳諂笑。不曉得該如何是好的時候，她就會笑。那副神情八成和我的笑容極為相似。

「你不過去嗎？」

奏音再次問道，於是我搖頭回應。

「妳知道前方有著什麼嗎？」

「嗯，大致明白。」

「為什麼？」

「因為某人很好懂呀。躲避得很明顯。」

奏音收起了強顏歡笑。

躲避？

沒錯，我是在躲避。避開這個地方，以及沉眠於此的他。

「那個呀，我的時限差不多要到了。」

我死命盯著奏音的臉龐。

時限？她在說什麼？

奏音把手向前伸，高舉在陽光之下，好讓我能看清楚。

雖然她的手看似普通，不過定睛一瞧會發現它略顯透明。

她快消失了。

奏音快要消逝而去了。

打從一開始就有期限。不論怎麼掙扎，她都無法永遠待在這個世上。我早就隱隱約約地察覺到，但是……

面對頓失話語的我，奏音吞吞吐吐地說：

「阿宏一定——」

講到一半，她隨即搖搖頭，把話吞回去。

「不，沒什麼。」

這個舉止我很熟悉。

有話想說卻欲言又止。

自從她來到這裡，我已看過許多次。

我自認為很清楚她為何不把話說出口。我認為她是在逃避，想避而不談。她是在兜圈子，巧妙地閃避這件事。

不過……喔，原來是這樣嗎？

我發現自己錯了。

在兜圈子的人並非奏音，而是我。一直在繞遠路、避而不談的人是我。因為我刻意迴避，奏音才不提。

她多半是在等待。

等我不再顧左右而言他，回到正軌上。

或許她是為了打發那段閒暇時光，才會把我耍得團團轉。

自那天起，我一直耽擱在半路上。

我不願面對，而是選擇逃避。因為面對會相當難受，所以我已經放棄了。我知道這麼做非常冷酷，卻無法不躲開來。那個地方除了悲傷以外別無他物。我認為自己傷心夠了，不願繼續陷入悲情中，才會選擇逃亡。背對著所有一切，將那天封鎖在過去的彼端。

假如只有我一個人，或許這樣也無妨。

然而，現在這個地方有奏音在。

她為何會回到這個世上，我心知肚明。奏音是來見他的。奏音希望將我引領到他那裡去。

我們兩個一定都沒辦法單獨去見他。不過，若是現在的話……

「……我知道了，奏音。」

我筆直望向她說：

「我們去見神谷宏吧。」

過去5

隔天的天氣稍微變差了些，厚重的灰色雲層遮蔽天空。在感覺隨時要鬧起脾氣來的天色下，文化祭第二天揭幕了。我拖著累積了疲勞的遲鈍身軀來到學校後，為了準備第一場公演，直直前往視聽教室走去。

腦袋之所以會朦朧不清，是因為疲憊的關係嗎？做著自己不習慣的事，就是會勞心傷神。我實在不適合和同學通力合作。大道具負責人和演員相比，明明勞動程度連十分之一都不到，但光是擠在狹小的後台，我的精神就逐漸耗損著。

第一場公演平安無事地落幕後，我終於卸下工作。這下子我就無須再奉陪班上的活動。我思索著該如何打發剩餘時間，回到教室後便渾身無力地趴在桌上。

文化祭昨天已經逛夠了，乾脆就這麼睡到閉幕典禮吧？教室並沒有特別拿來用在活動上，因此我待在教室裡不會妨礙到其他人才是。今天我和佐伯的自由時間並未重疊，所以也不會被他拉著到處跑。我既未和任何人有約，也沒有想看的表演。

趴著往側面看去，只見窗外是一整片深灰色的天空。我聽見熱音社在戶外舞台演奏著鬧哄哄的音樂，像是要吹散即將到來的雨勢。之所以聽不懂歌詞，是由於震耳欲聾的音量之故，又或是主唱咬字有問題呢？我茫茫然地如此思考時，前方的位子傳來有人坐下的氣息。

「你想就這麼睡下去對吧？」

我倏地抬起頭來。

教室裡的所有人都身穿紅色班服，唯有一名做制服打扮的人物坐在我面前。是藤二。

「……你來了啊。」

我以蘊藏著驚訝和厭惡的嗓音說道。事到如今，這小子哪來的臉大大方方地走進教室？

「我是來閒逛的。」

藤二絲毫不介意教室裡八成都注視著他的目光，咧嘴說道。

「起碼在最後幫點忙如何？」

「開玩笑，沒有我辦得到的事啊。不說那個，我們去逛文化祭吧。你來帶路。」

我瞪大雙眼。

「原來你對文化祭有興趣喔？」

「沒有的話我就不會來啦。」

「不，既然如此，你打從一開始就該提供各種協助啊。」

「我對那種事情興趣缺缺。」

難道他當真是來閒逛的？藤二散發出的感覺，已經是普通的客人了。

「奏音呢？我們三人一起逛吧。」

我皺起了眉頭。

自從夏天那件事以來，藤二並未積極和我們接觸，甚至反倒是在閃躲。不曉得到底吹什麼風，讓他起了和我們一塊兒逛文化祭的念頭。歸根究柢，這小子對我們三人一道出遊本身就不怎麼感興趣，因此他的發言非常矛盾。這便是那個「彌補行為」嗎？

「幹嘛？」

藤二似乎發現我對他投以懷疑的目光，只見他瞇細了眼睛。

「沒有，我想說你主動邀約實在很稀奇，感覺都要下雪了。」

「雨的話現在倒是在下啦。」

聽他這麼一說，我才發現窗外開始下雨了。厚重的雲層終於釋放出雨滴。

「奏音人在哪兒啊？」

在藤二不斷詢問之下，我只好不情不願地回答。

「……大概是在物理教室。」

方才我見到她有事找老師而離去的模樣。

「你去叫她啦。」

「我去？」

「我現在被班導發現，事情會很麻煩啊。」

這倒也是，畢竟他從頭到尾都沒幫忙進行文化祭的準備嘛。雖說不會影響到成績，但班導不會放任這種對班級活動超消極的學生吧。

藤二由口袋裡拿出手機把玩，看來是在等我去找奏音來。在情勢所逼之下我站了起來，為了去叫奏音而離開位子。

我離開教室在走廊左轉，而後爬上中央階梯。穿過四樓走廊後，往東棟角落走去。我在物理教室映入眼簾之處停下來，因為奏音正從正前方走來。

「咦？阿宏。」

奏音瞪圓了眼睛。

「你也有事找老師嗎？」

「不，我是在找妳……」

我不禁據實以告，隨後不知所云起來。

「找我？」

我頷首回覆。

「你有什麼事嗎？」

「……藤二來了。」

我的話語中帶了點不悅，儘管如此奏音的表情確實開朗了起來。討厭的感覺令我的內心嘎吱作響，發出有如剝除木板一般的聲音。

「我還以為他鐵定不會來呢。」

「我也這麼認為。」

「他人在教室嗎？」

「嗯，好像是剛剛才到校的。然後，他問我們要不要三個人一起逛文化祭。」

「藤二這麼問？」

奏音會蹙起眉頭露出這種反應也是理所當然。那才是正常情況。藤二永遠是受人邀約、放人鴿子的一方，就連赴約一事都極其罕見。這樣的他居然主動約人，讓我忍不住覺得，是否當真要下起雪來了。

「當然，如果妳不願意的話也無妨……我沒那麼……」

我微妙地暗暗表達自己意興闌珊，不過奏音卻很開心的樣子。起碼在我眼中看似如此。

「不，既然我們三人能夠久違地逛逛……而且你和我下午都是自由時間呢。」

「嗯……是沒錯。」

「這樣呀，藤二來了……」

這時奏音展露的神情，令我發現一件事。那是隱隱約約存在我腦海中的一個可能性，當下它變成了事實。要承認它實在讓我非常火大，可是考慮到她的立場，這或許是必然的。回顧她至今的行動，全都暗示了這個事實。

這樣啊，果然如此嗎？

那是一種複雜的情感。蘊含了形形色色的情緒，有如雨雲一般呈現混濁不堪的灰色。人生為什麼會如此不順遂？我感到焦躁及懊悔，感覺一切都是我的錯、我不好，這令我覺得不悅且不快。

但我依然覺得「果然如此」。因為有這種念頭才得以接受。沒錯，我接受了這個狀況。當然，精神受到相當程度的耗損——因此我才覺得，挖苦那小子幾句也會被原諒吧。

然而，當我和奏音結伴回到教室後，卻四處找不著藤二的身影。我望著自己的座位以及前後的空位，啞然無語。

「你們在找井崎同學嗎？」

人在附近的女同學開口。

「嗯，他剛剛應該還在這兒才對。」

「他說什麼有急事，已經回去了喔。」

回去了？現在才說有急事？

我打從心底感到錯愕。他究竟想重演歷史幾次才滿意？明明是自己開口邀約，愛失約也該有個限度。我也差不多該和他絕交了吧——在為此感到憤慨的同時，我心中某處卻也覺得「果然會這樣」，死心斷念地認為「反正藤二就是這樣的人嘛」。已經全都無所謂了，那種人自個兒橫死街頭吧。

可是，奏音不一樣。

一聽到藤二回去的消息，她便拔腿疾奔，有如一陣旋風般衝出教室，在走廊上狂奔。我連忙跟在她的後頭。奏音活用了嬌小的體格，在人聲鼎沸的校舍走廊穿梭著，轉眼間便抵達中央階梯，兩階兩階地跑下樓，也不在出入口換掉室內鞋便直接往校舍外頭飛奔，筆直地衝向校門。

「藤二！」

奏音在藤二即將離開學校腹地時趕上，追到他了。藤二瞪大眼睛回過頭來，望著奏音與我。他八成沒料到會被追上吧。

「你為什麼要做這種事？」

奏音一開口便揪起藤二的領口，不住猛力搖晃。

「是你說要三個人一塊兒逛逛的吧？為什麼要自顧自地回去！」

藤二不發一語，雙眼望著我而非奏音。他的眼神在說「你快想想辦法啊」。別開玩笑了。唯有現在，無論發生什麼狀況，我都站在奏音那邊。我很清楚你的意圖和心意，但那些事我才不管。那關我屁事。你的所作所為正是如此，根本壓根兒沒有考慮奏音的心情。你以為，她總是帶著什麼樣的念頭邀約你的？如今又是抱著何種感受，穿著室內鞋拚死跑過來的？

「有我在會很礙事吧？」

藤二俯視著奏音。

「你們兩個去逛不就好了嗎？反正你們感情很好啊。」

「為什麼事情會變成這樣！你為何要把自己排除在外！」

奏音尖聲逼問，使得周遭人群都好奇地看過來。就旁人眼中來看，大概像是感情糾紛吧。誰管你們，擅自去想像吧。

「我也覺得你該適可而止，藤二。」

我靜靜地出言責備。

「有些事情是不該做的。你以為自己像這樣消失無蹤，我和奏音還能老老實實地享受文化祭嗎？」

藤二看向我的雙眼。我心想，幹嘛露出那種眼神啊？他的目光看似泫然欲泣。藤二一定不會在人前哭泣落淚，可是如今看起來淚腺卻即將潰堤。既然要擺出那副德性，幹嘛要做出這種事呢？

現在還不遲，快道歉，然後和我們一塊兒逛文化祭。

「……我——」

藤二吞吞吐吐地開口。在此說出的話語，將會帶有重大意義，你可要做好心理準備再開口啊——我如此瞪視他。

結果，藤二維持忍住淚水的眼神，掛著硬逼自己發笑的奇怪表情說：

「我討厭你們兩個。」

感覺我聽見理智「啪」一聲斷裂的聲音。奏音深深地吸一口氣，接著傾吐而出。

「我不理你了！笨蛋！」

之後她轉過身子，頭也不回、一心一意地往校舍方向飛奔而去，我連阻止她的空檔都沒有。雖然我無意攔阻就是了。

我瞟向藤二。

「你真的是個大白痴。」

我打從心底如此認為。從沒看過像你這麼蠢的人。

四處有學生攬客的聲音交錯紛飛，走廊上被人群擠得水洩不通。在文化祭的喧囂籠罩下，讓我們體會到自己也是其中一分子……不，我們並未發出什麼聲音。噪音的影響也是原因，不過難以啟齒的氛圍更讓我變得寡言。

我們隨著情勢所趨，兩個人一同逛起了文化祭。和心儀的女孩獨處，內心卻不怎麼雀躍，這是為什麼呢？

「這是我們最後一場文化祭了呢。」

奏音忽然打破沉默，鬆一口氣的我便順著她的話題走。

「是啊……雖然感覺統統都結束了。」

我和奏音都把班服換成了制服，心態上已經是旁觀者。

「幕後工作也挺辛苦的。二年級的時候，我不曾那麼努力。」

「我也是。」

我們並沒有目的地，只是漫步在舉辦文化祭的校內，或是去偷看人家的教室，或是遠眺莫名其妙的布偶裝，或是上上下下爬著樓梯，就僅是在各處巡遊。

籠罩全身的倦怠感，有一天會化為美好的回憶嗎？對我而言，文化祭並非強烈賭上青春的活動。即使文化祭的記憶對於當真卯足全力的學生們會閃耀無比，但之於我或許只會是疲憊的化石也說不定。

儘管如此，我認為自己某天必定會回想起今天的事。在文化祭第二天下午，和奏音一同漫步的事。

「我覺得，自己一輩子都不會忘掉高三的事。」

奏音突如其來地開口，讓我心跳漏了一拍。她是否也在思索著類似的事情呢？

「限定在高三？」

「嗯，許多狀況都很特別。一、二年級時固然也發生很多事，可是沒有三年級這麼波瀾壯闊。」

她之所以會面帶苦笑，是因為我也包含在「許多狀況」當中嗎？

「明明今年春天會向你攀談，只不過是湊巧而已。」

「咦，是我害的嗎？」

「對，就是你害的。」

奏音面帶微笑地如此表示。

「自從有你在一塊兒，藤二和我都變了。」

我搖了搖頭。

「那不是我的錯。我沒有強悍到會給其他人帶來影響。」

「沒這回事。從藤二開始直呼你的名字以來，他就不再打架了。你有注意到嗎？」

「看得出來嗎？」

「對呀，因為他不怎麼會受傷了嘛。」

奏音正經八百地說道。

「再說，如果沒有你，藤二那天鐵定不會來煙火大會。」

我不禁縮起身子。

我以為不聊那天的事是我們之間的默契，還想說事情已經當成沒發生過了。藉由絕口不提，勉強維持關係不致破裂。

「那只是碰巧吧？畢竟他很任性啊。」

「不，是託了你的福。唯有這件事是確切無疑的。因為無論我再怎麼約藤二，一、二年級的時候他都不肯來看煙火呀。」

「……臨時毀約？」

「照慣例嘍。」

奏音傷腦筋地笑著。

由於奏音說她口渴了，我們一度走出校舍，去便利商店買飲料喝。我在稍微從學校往下走、最近的那間7－11，買了平時不會選購的運動飲料牛飲，感覺好像稍稍活了過來。或許我出乎意料地陷入脫水症狀也說不定。

離開便利商店後，雨勢比來時更為強勁，於是我慌慌張張地打開塑膠傘。雨珠不斷在傘面上彈開後滾落。氣象預報說雨會下到傍晚，不過看天色感覺還會再下一段時間。晚一步走出超商的奏音仰望天空，同樣撐起雨傘。

「藤二呀，不喜歡我呢。」

她開口說出這樣的話，使得我的腦袋一陣暈眩。不管是藤二或奏音，都很不擅長與人相處啊。

「妳怎麼會這麼想？」

「因為他很常放我鴿子不是嗎？一定是討厭和我獨處。」

「就算有我在，他也依然會失約啊。」

「那也是在躲我。藤二一直在避著我，像剛才也一樣。」

這或許有一番道理。藤二八成在刻意躲避和奏音單獨相處的狀況。但若要問理由是否如奏音所想，我認為不是。

「妳覺得藤二討厭妳嗎？」

「他大概不喜歡我吧。」

「……真遲鈍。」

「咦？什麼？」

我的輕聲低喃被喧囂給吞沒，導致奏音似乎沒聽見。但縱使聽到了，她也不會承認吧。她在奇怪的地方對自己很沒信心。

「……所以呀，假設——只是假設喔。」

奏音格外強調這點，側眼看向我。

「我會想說，假如你喜歡我的話，又是出於什麼原因呢？」

我險些把運動飲料噴出來。

目光游移了好一陣子，我才望向奏音那邊。她仍看著我，那雙大大的眼眸映照出一臉不像樣的我。

要講一句「我並不喜歡妳」來蒙混過去很容易，我卻錯失這唯一的機會。

「什麼原因……」

「因為我根本毫無優點嘛。」

「不不不不。」

反射性地出言否定後，我便找不到話語接續下去。回過頭來想想，我是喜歡奏音哪一點呢？她固然有些與眾不同，但要說我是否覺得她的獨特之處好，倒也不是。

「妳有優點啊。」

「比方說？」

「比方說……很適合穿簡單的衣服。」

「這算是在誇獎我嗎？」

「……抱歉，我不是很會表達。可是，我認為妳是個好人。」

「嗯哼。」

奏音帶著略顯逗趣的表情看著我。

「如果是你的優點，我可以舉出很多喔。」

「真的假的？我才覺得自己一無是處咧。」

「你的頭腦很好、對周遭觀察入微、生性正經卻又不會太過頭、配合度意外地高，還有不會害怕藤二。」

奏音屈著指頭，口若懸河地列舉出我毫無印象的事情。

「不過最重要的果然還是那個吧，表情很老實。」

「這不算優點吧……是說，我有那麼常把想法寫在臉上嗎？」

「有喔，很多事情都顯而易見。因為你很正直，我想說應該不會撒謊吧。」

奏音換上一個微妙的羞赧神情。

「我立刻就明白：『哎呀，你是真心喜歡我呢。』」

感覺我羞到臉龐都快噴出火來了。

想拔腿逃跑的念頭從全身上下滿溢而出，視線無意義地上下左右飄移不定。我心想，「恨不得挖個地洞鑽進去」這句話真是妙極了。現在，倘若我眼前有個沒關上的人孔蓋，我可以毫不猶豫地跳下去。

「看，你又展露在臉上了。你的表情就像是世界末日一樣。」

「嗯，我現在有點想死……」

「這可不行，我要你長命百歲。」

「為什麼？」

「因為你是藤二貴重的朋友呀。多半會是一輩子的朋友。」

「呃，我要和那種人來往一輩子喔？」

「沒錯沒錯，你就陪他一生一世吧。」

雖然奏音面帶微笑，表情卻有些僵硬，臉頰好像還紅紅的。一想到她可能也是在蒙混遮羞，我的心情就輕鬆了點。

我們並肩撐著兩把塑膠傘，在回學校半路上的石階抬頭望向天空好一會兒，發現雲朵忽然在半途中斷。雨雲一瞬間出現縫隙，光線有如梯子般直射而下。這幅景色相當夢幻。被雨淋濕的城鎮在陽光照耀下閃閃發光，讓我霎時有種世界被純白光芒給籠罩的感覺。不斷落下的雨水反射著亮光，彷彿是下著光粒子。

「好漂亮。」

奏音低聲喃喃道。

「我討厭下雨，不喜歡濕答答的，可是雨水很美呢，透明又閃亮亮的。」

嗳，你知道嗎——奏音臉上浮現惡作劇般的笑容。

「那種光線叫『天使之梯』喔。」

「妳真的很懂一些無聊的小事耶……」

「你要說我博學多聞。」

奏音笑著爬上數階樓梯。

在天使之梯的逆光照耀下，那張笑靨顯得璀璨耀眼。

彷彿奏音本人散發出光芒似地熠熠生輝，確實很美。柴郡貓在紅色班服上竊笑著，音樂劇裡的歌曲忽地在我腦中迴響。直到最後我都搞不太清楚歌詞的意思，如今卻隱約覺得那首歌令人舒暢。

「奏音。」

我仰望她。

像是要把那張包覆在光芒中的笑容烙印在眼底一般。

「我喜歡妳。」

奏音並未別開目光，而是目不轉睛地俯視我。她的眼睛真大。儘管她長得不是特別漂亮，卻讓人印象深刻。好美的眼眸。那張白皙的臉龐，如今看似帶了點潮紅。奏音背對著陽光，緩緩頷首回應。

「謝謝你。可是，對不起，我有喜歡的人了。」

並非逞強之類的，這時我能夠老老實實地接受這番話。

這種事情我老早就曉得了。

即使理智不明白，心中也有所感覺。

我一直都很清楚，妳不會對我感興趣。

「嗯，我知道。」

我微笑以告。我想這再怎麼說也都是強顏歡笑，但我覺得應該要笑才對。

「只是，我想說清楚講明白。」

奏音的臉色變得有點想哭。

「你別露出那種表情啦。」

她說。

「我現在是什麼模樣來著？」

「你去照鏡子，我沒辦法說出口。」

如是說的奏音語帶顫抖，還忍不住掉淚。

「為什麼是妳在哭啊？」

想哭的人是我耶。

「對不起，真的很抱歉。」

奏音像是兔子似地紅著鼻頭和雙眼，眼淚撲簌簌地潸然滑落。我搞不太懂為何她在哭。只是隱隱約約覺得，她是在替我流下照理說應該是我流的淚水。落在柴郡貓上頭的斗大淚珠直接落在T恤表面，這下子像是貓兒在哭泣一般，好似笑中帶淚。

忽然間，光線變強了。

我發現有輛重量級卡車正在靠近石階上的彎道。那道光來自於車頭燈。

但是，狀況怪怪的。

——太近了。

下一刻，我半是慘叫地大喊。

「奏音！危險！」

尖銳的喇叭聲震耳欲聾。

有兩件事物映入了眼中。

一件是撞破護欄、折彎了交通廣角鏡，同時朝著石階猛衝而來的卡車前保險桿。

另一件是奏音的背影。

我伸出的手差點要搆到她的背。視野轉瞬間被光芒籠罩，隨後天旋地轉。我所見到的是黑色、黑色、黑黑黑、黑黑黑黑黑黑紅紅紅紅紅紅紅紅紅紅紅紅紅白——眼前一暗。

現在 6

神谷宏的病房在西址大樓的七樓。

由於地點是ＩＣＵ（加護病房），需要在事前取得醫院和家屬許可，於是由我聯繫。我曾經當面見過阿宏的雙親一次，他們還記得我。儘管事出突然，他們依舊二話不說地答應。光是如此，就令我有點控制不住眼淚。

我原本想像ＩＣＵ會是個更安靜的地方，雖然並不吵，不過護理師和醫師來來去去的走廊充滿了人的氣息和聲音。我原先的印象是更為雪白、到處都有消毒藥水的味道，可是這兒的外觀卻有點像學校走廊。亞麻地板的顏色和高中走廊相同。

奏音靜靜地走在我前面。我看得出來她的雙肩僵硬，想必也是在緊張吧。臉色更糟糕的人八成是我，怪異的汗水從方才就沿著臉頰流下。雖然醫院裡似乎是有點熱，但鐵定不是溫度的關係。

「……就是這裡。」

奏音停下腳步，我則是倒抽一口氣。

神谷宏。

一個熟悉的名字。

在簾子隔開的室內另一頭，躺著一名少年。這個橫躺在床上的細瘦男生，身上連接著許多機械。唯有冷冰冰的心跳脈衝訊號聲，顯示他尚在人世。儘管如此，他卻沒有意識。他已經維持這副模樣將近三年了。

那是一場發生在雨中的交通事故。打滑的卡車衝向人行道旁的石階，將兩名走在路上的高中生捲入其中後撞進住宅區。女孩當場死亡，男孩則是勉強撿回一命，意識卻飄到遙遠的地方去了。

那名少女正站在我身旁。

「阿宏好像瘦了耶。」

奏音面露悲傷笑容俯視著阿宏，而後輕輕握起他纖細的手。

「我回來啦。因為你成天睡昏頭呀。」

我不發一語地低頭看向阿宏。三年不見的朋友並未睜開眼睛，也沒有出聲怒罵我是個傻蛋。對我而言，阿宏也是三年前就與世長辭的人。

我把阿宏當成和奏音一塊兒歸西了。那場意外使我失去兩名朋友。就算跟我說他還活著，之於我也與死了沒兩樣。因此，我一次都沒有來探望過他，持續在逃避。我一直認為，他不會再次醒過來。這是因為，阿宏已經不在這裡。無論我做了多少蠢事，他也不會責備我。縱使和這具與屍體無異的身軀正面相對，也只是徒增痛苦罷了。

「我想——」

奏音吞吞吐吐地說著。

話講到一半，而後像是習慣似地一瞬間停頓，然而，這次她把話講下去了。

「阿宏他一定在等你。」

她一直想和我討論阿宏的事，每有機會就會提起他的名字。可是她曉得我在躲阿宏，所以才會把話收回去吧。

「是這樣嗎？」

我終於開了口，發出不帶感情的聲音。

「是呀。」

奏音堅決地予以肯定。

「他一直都在等你。」

並堅定地補充道。

我俯視阿宏，瞧向他的臉。我憶起在緊閉的眼皮後方，那雙眼眸的光芒。阿宏這個少年擁有一雙不可思議的眼睛，感覺好像老是在凝望遠方而非眼前，但對周遭人們的情緒很敏感，而且感受性強烈，總是顧慮著別人，延緩自己的事情。他也可以說是我唯一的朋友。

「你去握他的手。」

奏音說。我戰戰兢兢地伸出手，去碰阿宏的手。他的手並不如我所想的冰冷，有著不明顯但確切無疑的溫暖以及脈動。這些跡象，主張著他還尚在人間。

「拜託你等阿宏了。」

奏音看向我。

「當阿宏醒來的時候，你要確實待在他身邊。」

「……那小子會希望我等他嗎？」

「會呀。」

「是這樣嗎？」

「沒錯。」

奏音頷首回應。

我緊握阿宏的手。這隻手不會回握，卻擁有無庸置疑的微弱溫度。這令我感到相當懷念，這次終於忍不住落淚。

「你給我回來啊，阿宏。」

眼淚先是從右眼，再由左眼汩汩流出。

感覺我許久不曾哭泣了。

自從阿宏和奏音消失的那天起便枯竭的淚水，如今終於湧現。

我的眼淚撲簌簌地流個不停，奏音則是一直輕撫著我的背。她溫暖的手也令我懷念不已，使得我的淚水好一陣子都未能止歇。

*

剛升上高二不久的時候，我曾看過神谷宏。當時我還不曉得他的名字，不過由於印象深刻，因此記得很清楚。

那時他和一年級的男學生在一塊兒。就我在出入口偷聽到的對話內容，似乎是那個男學生的鞋子不翼而飛。藏鞋子——真是幼稚的惡作劇。阿宏和那名學生明顯是初次見面，並不像認識的樣子，而且時間也晚了，因此在這個當下我就對阿宏產生了興趣。雖說對方看似傷透腦筋，但要向陌生的學弟開口攀談，以近來的高中生來說，這個行動還真是充滿善意。

阿宏就這麼幫忙找鞋子找了好久。明明半途放棄也無不可，事實上先死心斷念的人是學弟，可是阿宏每次都會拋下一句「再找一下看看吧」而持續尋找。最初是從出入口到校內，後來穿著室外鞋的阿宏也開始到校舍外頭找，最後終於在校門邊尋獲。躲在暗處看著事情始末的我，半傻眼地心想：世上還真有這麼好事的人耶。儘管是同一所高中的學弟，能為當天認識的陌生人如此鞠躬盡瘁，我實在是無法理解。

阿宏含糊其辭地躲避學弟對他道謝，而後直接回去了。在現今世道，這種人真罕見呢——我清楚記得自己半是錯愕半是佩服地目送他離去。

升上三年級的時候阿宏和我同班，我隨即就發現他是當時的學生。我知道我們同學年但不同班，因此至今沒有交集。不清楚阿宏平時做人處事的我，在升上三年級同班後仔細觀察了他好一陣子。阿宏經常獨來獨往，不和任何人廝混也未隸屬於任何社團，是個會獨自在教室一角呆呆望著窗外，好似慈祥老人一般的孤狼。

當時，我抓不準和皇奏音該保持什麼樣的距離。我隱隱約約有自覺到，只要我人在這兒，她就會受到保護。但那樣一來，無論多久她都還是會依賴我。我認為必須要找個更不一樣的人才行。並非像我這樣採取震懾他人的保護方式，而是願意和奏音並肩作戰、為她設身處地的人物。

看到阿宏，我心想這人應該正好適合吧。我不動聲色地煽動奏音，慫恿她去邀阿宏一起上補習班。實際交談過後，我發現阿宏比想像中卑微一些又文靜，卻意外是個直言不諱的直腸子，同時正如我所料的是個好人。要說濫好人也確實沒錯。或許他和奏音有些相像。

原本就在避免和奏音兩人獨處的我，之後每次受到他們邀約，便會故意排班打工，不斷臨時失約。我以為一旦他們交往，我就可以功成身退。因此，我會盡可能讓他們單獨相處。如此一來，我就不用再和奏音有瓜葛。

可是我心底某處，一直在氣這樣的自己。

這是因為，我無以復加地喜歡皇奏音。

＊

離開醫院後，夏天的陽光緊咬而來。夏季確實迎向了高峰。與此同時，也表示夏天的尾聲逐漸接近。夏日的終點已經看得見了。今年夏季就快落幕。

「謝謝喔，藤二，讓你陪我做這麼多事。」

奏音回過頭來如此說道，混在寒蟬鳴叫聲中聽來有點落寞，是我的錯覺嗎？

「不會。那只是在消磨去見阿宏之前的時間吧。」

我回以一個乖僻的答案。我確實陪她做了很多事，但重要的只有今天的會面，除此之外全都是順便的才對。

——雖然我這麼想，奏音卻搖頭否定。

「不對，看電影和煙火大會我都想和你一塊兒去。從前你瘋狂放我鴿子，讓我累積了不少怨念。」

「什麼怨念……我明明就有跟你們去看過煙火啊。」

「三個人和兩個人一起去的意義不同啦。」

見到她嫣然微笑，我便無言反駁了。

我倆緩緩走在陽光照耀下的小徑。醫院一點一點地在後方遠去，同時潮水的氣味愈來愈濃。她的制服裙子隨著海風飄揚，感覺裙襬好像也有點透明。

我們來到海邊，只見有幾個孩子在岸際玩耍。大概是慢慢有水母出沒了，很少人在游泳。海浪靜靜地拍打到沙灘上，遠處可以望見消波塊。

「我說啊，奏音。」

我開口詢問心中在意的事。

「妳不多待在阿宏那邊，這樣好嗎？」

我們在病房逗留了不過短短十幾分鐘而已。奏音只有在剛開始握了阿宏的手，之後幾乎都是在輕撫我的背。我原本想說，奏音應該有話想跟阿宏講，她卻沒有特別做些什麼。當真只是去見他，然後看看他的模樣罷了。

「為什麼這麼問？」

奏音反問，我在窮於回答的同時摸索著話語。

「因為……妳和阿宏在交往不是嗎？」

我努力說出難以啟齒的事，奏音卻咯咯笑道：

「什麼呀，你是這麼以為的喔？」

「不要笑啦，我在講正經的。」

「不，我並沒有和阿宏交往。他有向我表白，可是我拒絕了。」

「為什麼？」

「因為我有別的心上人。」

出乎意料的回答，令我大驚失色。

和奏音有交集的男生很少。應該說，就我所知只有阿宏而已。是在補習班認識的其他朋友嗎？還是說，只是我們不曉得，其實她一直都有交往對象之類的？

面對陷入思考漩渦中的我，奏音帶著看透一切的眼神否定掉那些想法。

「噯，藤二。」

我初次聽見奏音發出如此甜膩的嗓音。她摩擦著制服下襬說：

「我喜歡你。」

我整個人僵住了。

有股刺痛的麻痺感。

心臟一瞬間停下來，下一刻以極快的速度鼓動。

全身每一滴血都狂躁不止，在我體內以驚人的高速竄過血管。

我戰戰兢兢地抬起頭看向奏音，只見她筆直的目光就在眼前。

「你討厭我嗎？我知道你在躲我。你不喜歡和我單獨相處對吧？」

「這……」

我窮於答覆。

我確實在避免和奏音兩人獨處。明明上學時會待在奏音身邊，受她邀約時卻又不理不睬。我很怕自己喜歡上她，害怕自己承認喜歡她。但我也很清楚，抱有這種念頭的當下，早就為時已晚了。

「……妳以為我討厭妳喔？」

「我是那麼認為的呀。」

聽奏音這麼說，我別開了目光。

「我並不討厭妳。」

「真的？那你幹嘛躲我？」

我嘆了口氣。為何事到如今，我還得跟她講這些話不可？

「我覺得自己不配待在妳身邊。我這個人既粗野又野蠻，還很急性子，而妳則是溫馴、聰明又溫柔，所有一切都和我恰好相反。我想說，妳會對我感到幻滅。」

「我才不會因為那樣就幻滅呢。」

奏音笑道。

但我笑不出來。

我從未和她一起笑過。

我認為自己和她住在兩個世界。藉由如此告誡自己，當成放棄的理由。不過，其實我只是在逃避罷了。這是因為，我沒有信心堂堂正正地面對這段戀情。

「你不想讓我失望，是嗎？」

「……對。」

「哼，可是你成天放我鴿子，在這方面倒是讓我期待破滅了喔。」

「妳的意思是我很矛盾嗎？」

「你總是不肯表露真心。現在也是，我搞不清楚你有什麼念頭或想法。」

我把別開的視線挪回原位，望向奏音——她的雙眼。

「知道我的真心話又能怎樣？」

「想了解心上人的心情，是很自然的事吧？」

「……妳當真喜歡我這種人嗎？」

「對呀。」

「為什麼？」

「這需要理由嗎？」

「我無法接受。阿宏他要比我更……」

「他是他，你是你呀。」

「我不懂妳的意思。」

「意思是，你擁有很多只屬於自己的優點。」

害臊起來的我，再次從奏音身上撇開了眼神。

過去喜歡的人，正在對我表明好感。

照理說這是一件美妙的事，我的心頭卻是剪不斷理還亂。

我曾經喜歡過奏音，卻逃避了這份戀情，不肯直視。我有資格聽她表白並且接受嗎？

「你在想什麼艱澀的事情對吧？」

奏音發出笑聲。

「藤二，你意外地很一板一眼耶。」

一板一眼——才不是那樣，我整天都在想著怎麼逃跑。如今我也好想當場逃離，逃避面對奏音的心意。我沒有信心能夠正面相對。

儘管如此，唯有這次我認為自己不能逃。

我大大地吸了一口氣。

「妳的缺點要多少我都列舉得出來。」

奏音顯得驚慌失措。

「你怎麼突然這麼說？」

「妳的毛病太多了。個性古怪、糾纏不休、會死命盯著人家瞧、個性古怪、明明會讀書腦筋卻偶爾會很遲鈍、有些天然呆、邏輯有點異於常人、運動神經差勁、有摩擦東西的習慣、便服很土氣、毫無女人味，而且個性又古怪。」

「太多了、太多了！你還說了三次個性古怪！」

我打斷吵鬧不休的奏音，繼續說下去。

「尤其沒女人味這點太過致命了。都讀到高三了，能夠聊天的男生就只有我和阿宏是怎樣？那樣子嫁不出去啦。就算嫁掉了，也只會給夫家帶來困擾呢。妳這麼不起眼，妝可以再化得濃一點，也不要老是穿T恤和牛仔褲，要在打扮上多用點心啊。」

「什麼嘛！阿宏都說簡單的服裝很適合我耶！」

「關我屁事！我喜歡更時髦的女孩子啦！」

我嚷嚷回去，於是奏音頓時沉默下來。

「……這樣看來，我會因為毫無魅力而被甩？」

「是啊，沒錯，妳就維持一輩子都沒有魅力的狀態被甩掉吧。如此一來，我也就放心了。」

聽我不屑地說道，奏音猛眨著雙眼。

「放心？」

「對啊。真是的，為什麼我得擔心這麼沒有吸引力的女人被其他男人搶走啊？坦白說，其實我也不想讓給阿宏。明明妳既無女人味又樸素還沒有男人緣，整天只會穿T恤和牛仔褲，我卻忍不住想看看妳穿其他衣服的模樣。可是同時也明白，妳八成不適合那些打扮吧。我就是不由自主地明白！」

「……你想講什麼？」

奏音凝視著我。在她大大的眼眸裡，映照著面紅耳赤的我。有夠難看，真是不忍卒睹。但是……

「那還用說嗎？」

我原本打算盡可能擺出一張壞心眼的表情，可是實際上顯露的，八成是我迄今為止最自然的笑容。而後——

「我喜歡妳。」

我抱住了奏音。

即將消失、一度死去，已經不屬於這個世界的女孩。我才不管那麼多，即使如此我還是喜歡她。我無法克制這份心情。我愛上她了。我重視她的程度已無從蒙混。

奏音在我的臂彎中扭動著身軀。

「嚇死我了……」

「妳啊，現在說出來的話居然是這句喔？」

「因為人家嚇到了嘛。要抱就先說呀。」

「這種羞死人的話誰講得出口啊，笨蛋！」

我放開奏音，撇過頭去。我已經做了挺令人害臊的事，講不講或許都沒什麼太大差異了。

「這樣呀。」

奏音像是在細細玩味似地喃喃說道。

「我們真傻呢。」

「這種事我知道啦。」

「如果阿宏得知，一定會笑我們。」

「他……天曉得，搞不好會要我們感謝他吧。」

「阿宏才不會那麼愛邀功呢。」

奏音笑了。聽到她發出吸鼻子的聲音，或許是在哭也說不定。

「不過，的確是託了阿宏的福。」

「是啊。」

我們並非清楚知道他改變了什麼。只是，假如那個春天沒有遇到阿宏，就不會有現在的我們。我會不斷臨時取消奏音的邀約，她也會一直深信自己被我討厭，兩條平行線將永不交會，而我們也不會認知到這便是戀愛。

有阿宏和奏音所在的夏天，是我掩埋在沙子底下的記憶。我曾以為淨是些苦澀的滋味，實際挖掘出來一看，才發現它令我當時的情感鮮明地復甦，使我凍結的時間逐漸融化。它帶著夏天的氣味、耀眼的陽光，以及燒灼著皮膚的熱氣。

本應一度止住的淚水又撲簌簌流下。淚珠落在奏音頭上，輕輕彈跳著。

「……妳可別消失啊。」

這是第二次了。包含開口述說這句話。儘管我知道並沒有意義。

「咦？」

「為什麼我非得再度目送妳離去不可？別開玩笑了。妳也要站在我這個被拋下的立場想一想啊。」

奏音並未抬起頭來。

「奏音，妳曾經說自己復活了對吧？既然如此，活下去就好了吧。妳繼續活著待在這裡啦，用不著消失吧。」

「你還真是強人所難。」

她的聲音好像要隨風消逝了。

「你從前不是個會講這種話的人呀。」

奏音低著頭，悄悄離開我身邊。我仍然看不見她的表情。

「……謝謝你喔，藤二。」

海風由大海的方向吹來。奏音那頭長髮，在風兒吹拂之下柔順地飄盪。明明心中在大哭大叫，表面卻很奇妙地風平浪靜，恰好像是沖刷到沙灘上的靜謐波浪。

「最後能夠確實聽到你親口告知，真是太好了。」

奏音說著，同時緩緩邁步走向大海。她邊走邊脫下鞋襪，赤腳往岸際走去。

我以更為緩慢的腳步跟在她後頭。我倆的距離漸漸拉開，奏音的腳已經泡進海中。

我想自己鐵定沒辦法到那兒去。

「妳無論如何都要離去嗎？」

我輕聲詢問，奏音便轉過頭來。她把手交扣在身後，踢著腳邊的水並露出微笑。她的臉頰上確實有一道淚痕。

「我會重生的。」

她帶著略微顫抖的嗓音如是說。

「這次我一定會變成夜光藻。」

記得她先前提過想投胎成為夜光藻，是嗎？這丫頭還是一樣古怪。我根本沒看過夜光藻。那個在岸邊發出藍白色光芒，將海洋末端染成藍色的奇妙浮游生物。

儘管未曾見過，但我認為那想必十分美麗。

妳會消失，而後轉世成散發出碧藍光輝的夜光藻。

那麼，當下我該說的話，就不是「別消失」吧。
「……哪天阿宏醒來的話，我們會一起去見妳。」
我好不容易講出這句話後，奏音點了點頭。
她轉過身子踏進海裡，往近海的方向走去。好似為了擺脫迷惘，也像是避免自己回頭。
我昂首閉上雙眼，以免眼淚不聽話地落下。
海風輕撫而過的眼皮內側，是一整片夜晚的海洋。
海浪靜靜打在昏暗的沙灘上。
發出藍白色光芒的岸際。
沿著海岸線，有如藍色ＬＥＤ般閃耀的眾多星星。
那些光芒的數量無從計算，但我心中毫無根據地堅信著。
縱使妳投胎變成了夜光藻——
我也一定會找到妳。

終章

一睜開眼，我便看到門的形狀。

一扇門孤零零地矗立在夜晚靜謐的海邊。那扇白色的門扉，彷彿哆啦A夢的任意門，獨自杵在這個沒有房子和牆壁的地方。

我理解到這是一場夢，一旦打開那扇門就會醒過來。門的另一頭是現實世界。只不過有很長一段時間，我連碰都沒有碰過門扉。

寧靜的海邊四下無人，僅有波浪和風聲靜靜地迴響。無論過了多久都不會迎來早晨的漆黑夜空中，無數星星閃耀著。我坐在門前，一直等待有人從另一端，打開這扇被月光照耀的雪白門扉。

我打不開它。

感覺碰觸的瞬間，它便會消失不見。

我偶爾會聽見有人從門扉後呼喚。我不曉得聲音的主人是誰，但那一定是在叫我。

這種時候我便會輕輕伸出手，試圖去碰門把。可是一旦這麼做，聲音就會遠去，讓我覺得自己果然打不開它，伸長的手因此失去力氣。

我就待在這個地方過了好久。不，我不確定時間長短。儘管有種待了許久的感覺，但搞不好是剛剛才來的，又或是在這兒待了數十年。這裡的時間感覺相當模糊，星星和月亮都一動不動。明明有風，雲朵卻不會飄來。海浪運來的只有浪潮聲。這個地方僅有門扉、我以及寂靜共存著。

也許試著離開海邊，到別的地方去就好。陸地在我背後綿延不絕，或許前方有著其他門扉或不同的世界。

即使如此，我還是未採取行動。我一直坐在原地，簡直像是屁股被縫在地上，連站起身都無法如願。我只能維持這樣，在此處不斷眺望著門扉。

不曉得究竟過了多久。

某一次，我聽見有人喊著：

——你給我回來啊，阿宏。

這道非常懷念的聲音我很熟悉，卻是初次在夢中聽聞。我忽地站起身子，原以為站不起來的身體輕飄飄地浮起，回過神來我就站在門扉前方了。我將手伸向門把，在幾乎要碰觸到的時候，驟然停下。

「你不過去嗎？」

背後傳來說話聲，我緩緩轉過頭去。

在這個照理來說空無一人的世界裡，不知為何有一名少女站在那兒。那是我極為熟悉的人物。她把玩著制服下襬，靜靜望著我。那頭好似融化了深夜黑暗的一頭長髮，隨著和緩的海風輕盈飄盪。她赤腳踩踏著沙子，發出細微聲響。

「我不能過去。」

我回答。

「萬一我碰觸它，門肯定會消失。」

我這麼覺得，完全沒有道理可言。

「那只是你自個兒如此認定罷了。」

她說。

那張受到星星和月亮光芒照射的白皙臉龐上，浮現微笑。她是個還殘留稚嫩印象的少女，如今看起來卻很奇妙地帶有成熟的感覺。

「妳怎麼會在這裡？」

我在隱隱約約察覺到理由的同時，開口問道。

「我死掉了。」

她不卑不亢地答覆。

喔，果然是這樣嗎？

那麼，這裡就不是什麼夢中，而是死後的世界嗎？我和她都成了屍體，這扇門通往的地方會是地獄嗎？

「前面是你應當回去的世界。」

她像是讀了我的心，指著白色門扉說。

現在我聽不見門後有聲音，也不會去開門。

「應當回去的世界？」

聽我反問，她點了點頭。

「你並沒有死，所以能從那扇門回去。」

我還沒死？感覺這種事情壓根兒不重要。

「那扇門只能從另一頭開啟。」

我說。沒錯，不管怎樣，門根本從內打不開。

「不對，它只能從這邊打開。」

她說出截然相反的話語。不知為何，聽她這麼說，令我覺得搞不好真是如此。我並不曉得答案，只是自己這麼斷定罷了。

「我這種人就算回去，也沒人在等我啦。」

我面露自輕自賤的笑容，她則是不改微笑。

「那麼，這道聲音是？」

她再度指著門說。我朝向門扉豎耳傾聽……結果什麼也聽不見。

「我沒聽到聲音啊。」

「你只是沒在聽而已。」

她緩緩走過來，和我並肩而立。

「你聽，又在叫了。」

似乎有道聲音傳進她耳中，可是我聽不到。無論我怎麼仔細聆聽，都聽不見方才的呼喚。

「有人在等你喔。」

我低頭俯視身旁的少女。

「但我不想留下妳離去。」

沒錯。

我一直以來留在這個世界的理由，八成是這個。

我知道她身在這世界的某個地方，還有她應該無法鑽過這扇門一事，因此才會逗留在這裡。因為我不願意拋下她一個人。

少女淺淺一笑，往後退一步。

「我就知道你會這麼說，但我也沒有留在這兒的打算。」

我歪頭感到不解。她把手交扣在背後，又退一步。

「我要重新投胎了。」

語畢，她輕巧地跳向後方，在沙子上靜靜著地。

「投胎成什麼？」

聽我反問，她淘氣地一笑。

「這個嘛，是祕密。等你回去另一頭之後，你再問他吧。」

他。

這時忽然傳來一道聲音。
就在門的後方。
有人在呼喊我。
這個聲音很熟悉。
令人懷念。
是我所知的那小子。
「好啦，你回去吧，阿宏。」
我面對著門的方向被她用力推了一把，於是向前踉蹌幾步。
沙灘上留下我清晰的足跡。我以雙手碰觸門扉，它並沒有消失。
回頭一看，她已經不見了。
相反的是碧波蕩漾的蔚藍海水閃耀生輝。
有一群夜光藻由岸邊蔓延至近海，把海面染成一片湛藍，簡直如同藍色極光浮在大海表面。
——你要活下去，阿宏。
她的嗓音再次傳來。

感覺好像又被她推了一把。

「……喔。」

我開口答覆，而後碰觸門把。

——阿宏。

有人在叫我，語氣堅定地喊著。

我就像是受到引導一般，緩緩地打開門。

後記

感覺夏天這個季節距離死亡很接近。也許是因為盂蘭盆節的關係，又或是終戰紀念日的緣故。這麼說來，相當於初夏的五月，據說是一年當中最多人自殺的時候。說到夏季會讓人有藍色的印象，也有研究指出，「死亡」會釋放出藍色的光芒。根據葬儀社表示，實際上較多人往生的季節是冬天，不過包含我在內，應該有不少人隱約感受到夏季有死亡的氣息。

相反地，夏天也擁有非常正向、開朗的一面。像是甲子園、全國高中綜合體育大賽、海邊和煙火、向日葵與牽牛花、藍天及積雨雲……這是一年之中日照最強、最溫暖、最明亮的季節，同時是汗水與淚水、青春和戀情、強韌的生命之季節。

感覺我有頗長一段時間，都被這種一體兩面的性質給束縛著。

執筆時我並未特別注意，但重新看過這次完成的原稿，我感覺這個故事就一體兩面的意義上「很有夏天的味道」。或許讀到最後的讀者朋友，會同意我這番意見也說不定。

故事正文始自高中時期因車禍亡故的少女在三年後的世界復活。這是一部由過去曾是普通朋友的男生，和三年前理應過世的女孩子邂逅（或說是重逢）而揭開序幕的青春戀愛小說。

二〇一八年　十月　天澤夏月

輕文學 Light Literature

十年前的過去，寫給「今日的自己」的那封信，一點一滴地，改變了我們6人未來的命運……

致 十年後的你

天澤夏月／著　徐屹／譯

千尋，因為一段曖昧的關係而苦惱。冬彌，逃離社團活動的前足球少年。優，不知道未來要做什麼的不良高中生。美夏，對不習慣的女孩小團體感到窒息。時子，不願意踏出家門的繭居族。耀，一直掛念著小學時吵架而分開的少女。十年前埋下的時光膠囊，為失去夢想與未來的今日，帶來滿滿的勇氣與祝福……

定價：NT$300/HK$90

國家圖書館出版品預行編目資料

前略。初戀的女孩，死而復生了。 / 天澤夏月作
; uncle wei 譯 .
-- 初版 . -- 臺北市 : 臺灣角川 , 2020.01
面 ; 公分 . -- (Kadokawa light literature)
譯自 : 前略、初恋の彼女が生き返りました。
ISBN 978-957-743-521-7(平裝)

861.57 108020603

輕文學 Light Literature

前略。初戀的女孩，死而復生了。

原著名＊前略、初恋の彼女が生き返りました。

作　　者＊天澤夏月
插　　畫＊中村至宏
譯　　者＊uncle wei

2020年1月20日 初版第1刷發行

發 行 人＊岩崎剛人
總 經 理＊楊淑媄
資深總監＊許嘉鴻
總 編 輯＊呂慧君
副 主 編＊溫佩蓉
美術設計＊邱靖婷
印　　務＊李明修（主任）、張加恩（主任）、張凱棋

台灣角川

發 行 所＊台灣角川股份有限公司
地　　址＊105台北市光復北路11巷44號5樓
電　　話＊（02）2747-2433
傳　　真＊（02）2747-2558
網　　址＊http://www.kadokawa.com.tw
劃撥帳戶＊台灣角川股份有限公司
劃撥帳號＊19487412
法律顧問＊有澤法律事務所
製　　版＊尚騰印刷事業有限公司
I S B N＊978-957-743-521-7